GASTON BASTIT

POÉSIES

D'UN

INCONNU

DEUXIÈME ÉDITION

PARIS

NOUVELLE LIBRAIRIE PARISIENNE

E. GIRAUD ET Cie, ÉDITEURS

18, RUE DROUOT, 18

1885

POÉSIES

D'UN

INCONNU

Il a été fait un tirage spécial de *deux cent cinquante exemplaires* sur papier de luxe. Prix : 4 francs.

BOURLOTON. — Imprimeries réunies, B.

Gaston BASTIT

POÉSIES

D'UN

INCONNU

PARIS
NOUVELLE LIBRAIRIE PARISIENNE
E. GIRAUD ET Cie, ÉDITEURS
18, RUE DROUOT, 18
1885

POÉSIES

D'UN INCONNU

MATHILDE — LES AVEUX

Elle ne m'a pas dit : *Je t'aime!* ni *tu m'aimes?*
Un jour, nous étions seuls, tous deux : soudainement
Nos mains, sans le vouloir, s'unirent d'elles-mêmes,
Et nous fumes émus délicieusement!

En regardant alors Mathilde avec ivresse,
Je pressai sa main blanche... et je ne lui dis rien;
Elle comprit pourtant, la douce enchanteresse,
Que mon cœur débordait et que je l'aimais bien!

Elle, sans me parler, émue et confiante,
A mon aveu muet répondit à son tour
Avec son front rêveur, sa bouche souriante,
Et ses yeux languissants qui lui tombaient d'amour !

Ce fut tout... Et voilà comment nous nous aimâmes.
Nous nous sentions heureux, jeunes, fiers et vainqueurs!
Toutes les fleurs d'avril s'entr'ouvraient dans nos âmes,
Tous les oiseaux du ciel gazouillaient dans nos cœurs.

PLEIN CIEL

Nous sommes heureux, ma chérie :
Nous nous aimons! nous nous aimons!
La réalité se marie
Aux beaux rêves que nous formons.

Tout est sourire, joie et flamme;
L'air est parfumé, le ciel pur;
La nature nous met dans l'âme
Tous ses parfums, tout son azur.

Pour nous l'espérance déploie
La sérénité des beaux jours;
Le soleil du bonheur flamboie
Dans le ciel bleu de nos amours.

Nous sentons une ardente ivresse;
Et de nos bouches, de nos cœurs,
S'échappent des chants d'allégresse
Éclatants, hardis et vainqueurs!

Cependant il est une chose
Qui nous inquiète parfois;
A notre esprit elle s'impose
Et lui fait sentir tout son poids...

C'est un sort cruel que le nôtre!
On a beau s'aimer, s'adorer,
C'est le destin : un jour ou l'autre,
Il faut, hélas! se séparer.

La séparation! notre âme
Frissonne, rien que d'y penser;
Nous pressentons l'horrible drame,
Les pleurs qu'il nous faudra verser!

C'est le souci qui nous présage
Que les beaux jours doivent finir;
C'est le point noir, c'est le nuage
A l'horizon de l'avenir.

LES LIENS DU CŒUR

Toi, tu m'aimais un peu ; moi, je t'aimais beaucoup.
Ma chaîne était de fer, la tienne était de roses.
Le maître souverain des hommes et des choses,
Le sort, n'a pas brisé ces liens d'un seul coup :
Le temps, seul, a défait notre union intime ;
Entre nous peu à peu, presque insensiblement,
La séparation a creusé son abîme ;
L'oubli devait alors venir fatalement !

. . . .

O mystère du cœur ! ô subtile blessure !
Comme avec une lime invisible, mais sûre,
Le temps, accomplissant son œuvre chaque jour,
A fini par user le métal de ma chaîne,
Après avoir, hélas ! de sa main inhumaine
Effeuillé dans ton cœur les fleurs de ton amour !

LONGTEMPS APRÈS

Les tourtereaux ne s'aiment plus.
L'amour est mort, ô ma colombe!
Notre âme a le froid de la tombe...
Mais les regrets sont superflus.

Comme dans une tombe close,
Au fond du cœur enseveli,
Notre amour à jamais repose
Avec le linceul de l'oubli.

Ce qui meurt ne peut pas renaître;
On s'est dit le suprême adieu!
Et cependant, si grâce à Dieu
On se revoyait?... Ah! peut-être

Le passé mort tressaillerait
Dans notre cœur, ô ma colombe!
Et l'amour ressusciterait
Comme Lazare dans sa tombe!

ROSETTE

Nous nous aimons, ô ma Rosette!
Et qu'il est doux d'aimer, n'est-ce pas? Chaque jour
Pour nos cœurs est un jour de fête,
Nous savourons la vie... Ah! que c'est bon, l'amour!

Nous nous aimons... pourquoi? Ma belle, je l'ignore.
Mais demande à l'aimant par quel charme vainqueur
Il attire le fer... C'est pour ça qu'on s'adore,
Car l'amour, c'est l'aimant du cœur.
Le gazon, dont tu vois la terre tapissée,
Vit du ruisseau qui coule autour ;
Les fleurs s'abreuvent de rosée,
Et nos cœurs s'abreuvent d'amour.

Mais je suis fou, je perds la tête :

Voyons, je demande pourquoi
Nous nous aimons, ô ma Rosette !
Eh ! parbleu, je le sais bien, moi.
Je sais du moins pourquoi je t'aime,
Et tu le devines toi-même :
Si je t'adore à deux genoux,
Si je t'aime en un mot, eh bien, mademoiselle,
C'est parce que vous êtes belle...
Mignonne, excuse-moi : je t'ai dit *vous !*... Ce *vous*
Est nécessaire, j'en appelle
A tous les vieux savants en us ;
En mettant dans mon vers : « Parce que *tu es* belle. »
J'aurais commis un hiatus.
Tu me pardonnes donc, ma charmante maîtresse !
Mais revenons à ta beauté,
Car c'est elle l'enchanteresse
Qui m'a séduit, conquis, ensorcelé, dompté !

Tu te le rappelles sans doute,
Le jour où je te vis pour la première fois,
Je me sentis soudain fasciné... Somme toute,
Je ne suis pas de bois !
Tes grands yeux — tour à tour espiègles et candides
Comme ceux des lutins, comme ceux des péris —
M'enveloppèrent ; je fus pris
Dans le réseau de tes regards ! Tes yeux splendides,
Étincelants de mille feux,
M'enchaînèrent sans métaphore ;

Et je trouvai plus tard d'autres chaînes encore
Dans les tresses de tes cheveux !

Oh ! ces yeux noirs, vois-tu, ces yeux qui feraient même
Pâlir l'éclat du diamant,
Il me faudrait tout un poème
Pour les célébrer dignement !
Sombres comme le jais, lustrés comme la moire,
Comme l'ébène ils ont une noirceur qui luit ;
Ou plutôt ton regard dans ta prunelle noire
Brille comme l'éclair dans l'ombre de la nuit.
Ton œil noir ! il émeut les cœurs les plus revêches ;
Il est l'arc de l'amour : tes regards sont des flèches ;
Les blessures qu'ils font, on les bénit ! Tes yeux,
Mais il n'est rien vraiment au ciel de plus céleste,
Je le prétends !... tes yeux du reste
Ressemblent aux astres des cieux :
Ils ont, selon que tu les voiles
Ou que tu les tiens en éveil,
La douce clarté des étoiles
Ou l'éclat brillant du soleil.
Parfois leurs prunelles voilées
Versent les plus tendres langueurs ;
Et puis, soudainement, ils lancent des volées
De rayons qui s'en vont incendier les cœurs !

C'est un de ces regards, hélas ! qui m'a dans l'âme
Jeté l'étincelle, la flamme,

Que le temps a changée en un foyer ardent...
Mais passons, n'est-ce pas? sur tes yeux noirs, ma chère:
J'ai déjà fait sur eux trente-trois vers; j'espère
Que c'est assez; il faut m'arrêter, c'est prudent!

Parlons, si tu veux, d'autre chose,
Car je voudrais décrire en détail ta beauté...
Tiens, justement, ta bouche rose
M'appelle, j'en suis enchanté!
Non, ta bouche n'a point l'incarnat de la rose,
Je me suis trompé de couleur.
Certe, à la voir si fraîche éclose,
On la prendrait pour une fleur;
Mais un spécialiste en fait de fleurs — l'abeille,
Le frelon ou le papillon —
Croirait voir devant lui l'anémone vermeille,
Car ta bouche adorable, à cette fleur pareille,
Est d'un rouge éclatant comme le vermillon.

Tes dents ont la splendeur nacrée
Des perles de la mer, et leur blancheur moirée
Sous tes lèvres de pourpre à l'ardente couleur
Se détache et paraît encor plus accusée:
Ce sont des gouttes de rosée
Nacrant une pivoine en fleur.
Oh! ta bouche, pour moi le bonheur y rayonne
Autant que dans tes yeux! tu me parles, mignonne,
Et tu me souris tour à tour:

Ta voix, ton sourire me touche;
Je suis ému, ravi, ma chère, car ta bouche
Appelle le baiser comme ton cœur l'amour!

Ta joue en fleur me plaît aussi, tu le supposes!
Elle s'épanouit avec tes dix-huit ans
Couverte de lis et de roses
Comme la nature au printemps.
Ta fine taille a pris sans doute pour mesure
La taille de la guêpe ou de quelque oisillon;
Ton petit pied pourrait désirer pour chaussure
La pantoufle de Cendrillon.
Ta main blanche et rosée est parfaite, admirable!
En un mot tout chez toi, ma belle, est adorable...
Et c'est pour ce motif que je t'adore! Ainsi
C'est pour ta beauté que je t'aime.
Mais, si je t'aime... c'est aussi
Parce que tu n'aimes toi-même!
Je t'ai donné mon cœur, moi, le premier. Un jour,
Mignonne, toi même, en échange,
Tu m'as donné le tien; et c'est ainsi, mon ange,
Qu'alors tu m'as ouvert ton paradis d'amour!

Oh! ces moments d'ivresse et d'extase amoureuses,
Volupté du cœur et des sens!
Qui ne les envierait, nos heures bienheureuses,
Nos instants de bonheur sans cesse renaissants?
Bonheur toujours nouveau, quoique toujours le même!

Je te tiens dans mes bras, je te dis que je t'aime;
On ne peut exprimer tout ce qu'on sent en soi
Mais, sans parler, nos cœurs qui battent se répondent!
Dans leurs épanchements, nos âmes se confondent;
En moi tu te sens vivre et je respire en toi!
L'œil humide, noyé dans la béatitude,
Nous nous regardons tendrement;
Au milieu du silence et de la solitude
Nous écoutons nos cœurs palpiter doucement.
Dans l'extase rêveuse où notre âme s'isole,
Nous demeurons muets comme si la parole
Ne pouvait exprimer, en des moments si doux,
Le bonheur attendri que nous sentons en nous!
Tout nous est étranger dans ces moments suprêmes;
Nous vivons l'un et l'autre absorbés en nous-mêmes,
Dans un rêve délicieux!
Perdus dans cet état de volupté profonde,
Nous ne voyons que nous sur la terre; le monde
Est dans nos bras et dans nos yeux!

Quelquefois cependant, ô ma chère adorée,
Nous levons nos regards vers la voûte azurée;
Le ciel fait resplendir son azur le plus doux;
Alors, dans notre extase, à tous deux il nous semble
Que vers le firmament nos cœurs partent ensemble
Ou que le ciel descend en nous!

SA MAJESTÉ BÉBE

DITHYRAMBE

EN L'HONNEUR DE MON PETIT NEVEU

Les rois s'en vont, dit le vulgaire...
Mon Dieu! dans quelle erreur le public est tombé!
Il nous reste un roi populaire,
Qui régnera toujours : Sa Majesté Bébé!

Bébé, c'est le vrai roi, le roi fait pour nous plaire;
Il est fort, bien qu'il soit plus frêle qu'un roseau;
Espiègle et bon enfant, ce monarque exemplaire
A pour sceptre un hochet et pour trône un berceau.

Il a pour sujets sa famille,
Les amis, les voisins; chacun lui fait sa cour,
Le mange de baisers, surtout la jeune fille
Qui, rêvant d'un mari, l'embrasse avec amour.

Il léve des impôts sur tous... mais on l'adore!
Jouets, gâteaux, bonbons, le roi n'a qu'à choisir :
Il prend tout... et l'on donne encore,
Car c'est le seul impôt qu'on paye avec plaisir.

Qu'a-t-il fait pour être à la ronde
Choyé par tous? Il s'est donné
La peine de venir au monde...
Il règne depuis qu'il est né.

Mais il est si mignon! il a tant d'innocence!
C'est un ange du ciel sur la terre tombé;
On se sent devenir meilleur en sa présence;
Seulement, voyez-vous, cet ange... c'est Bébé!

Il a bien ses défauts sans doute
Puisqu'il est homme... et qu'il est roi!
Quand il parle, il faut qu'on l'écoute;
Il est le maître, il fait la loi.

Mais chez lui tout le monde a les yeux de sa mère!
Père, oncle, grands parents, tous l'approuvent en chœur;
Est-il despote? eh bien, il a du caractère!
S'il pleure, c'est qu'il est sensible, il a du cœur!

Se fâche-t-il? ses cris, qui déchirent l'oreille,
Sont plus harmonieux qu'un chant de rossignol!

Souvent, lorsqu'on l'embrasse et que l'on s'émerveille,
Il se dégage, oiseau captif, et prend son vol...

Et la maman sourit, elle n'est pas sévère!
Mais, lorsque le marmot s'échappe triomphant,
Elle met sur son front ce long baiser de mère
Qui semble suivre son enfant!

Que maintenant les rois disparaissent... qu'importe?
Beaucoup de trônes sont tombés.
Mais la royauté n'est pas morte
Puisqu'il nous reste les Bébés!

Pour ces rois il n'est point de nations ingrates,
De sujets révoltés, de tribuns fulgurants...
Les plus farouches démocrates
Sont à plat ventre aux pieds de ces petits tyrans!

Les rois s'en vont? Erreur! la royauté fourmille...
Et tant que le monde vivra,
Toujours, toujours dans la famille,
Oui toujours, l'enfant régnera!

A L'ACADÉMIE

DES JEUX FLORAUX[1]

Non, je ne suis pas un ancêtre!
Je proteste bien fort, car je ne puis permettre
Qu'on me vieillisse avant le temps.
Sans être coquet, je prétends,
Oui, je veux rester jeune, à moins qu'on ne puisse être
Un grand-oncle... de vingt-huit ans!

Je suis jeune, messieurs, je le dis à voix haute.
Mais, si l'on m'a vieilli sur le papier, la faute —
Vous vous en doutez bien un peu —
N'est pas à vous... pas plus qu'à moi!... Le seul coupable

1. « L'auteur de *Sa Majesté Bébé*, M. Gaston Bastit, est *GRAND-ONCLE...* »

(Rapport sur le concours de 1880 par M. le comte de Rességuier, secrétaire perpétuel de l'Académie.)

C'est la langue française, elle en est bien capable!
J'ai dédié mes vers à mon petit neveu...
Vous voyez d'ici l'équivoque;
C'est par l'obscurité de la langue, messieurs,
Que j'ai passé, ce qui me choque,
Pour un vrai barbon à vos yeux.

Dieu merci, je suis jeune encore!
Aussi jeune... que mon talent;
Je suis vif, j'ai le pied leste, la voix sonore;
J'ai bon appétit, je dévore;
Je n'ai pas un seul cheveu blanc;
Mes yeux brillent et j'ai des flammes
Dans le cœur comme dans les yeux...
Je dis tout cela pour les dames
Autant que pour vous, ô messieurs
Je le dis pour toutes les belles
Du monde entier,
Et surtout pour les demoiselles
A marier.

LA POÉSIE DE LA SCIENCE

A PROPOS

DE L'EXPOSITION UNIVERSELLE DE 1878

Peuples de l'univers! le Champ-de-Mars en fête
Vous ouvre ses palais où la foule se jette;
Inclinez-vous devant ce spectacle enchanté...
Voilà tous les trésors, tous les produits du monde,
Richesses qu'à longs flots de son urne féconde
La Science en tous lieux verse à l'humanité!

Quoi! les sacs gonflés d'or, les trésors de la terre,
O Science, est-ce là vraiment ton œuvre austère?
Est-ce là l'idéal de l'homme intelligent?
A-t-il donc élevé ce temple à l'Industrie
Pour qu'on se prosternât avec idolâtrie
Aux pieds de ces faux dieux : la Matière et l'Argent?

O Science, ton œuvre est plus noble et plus pure !
Ton but est d'exalter dans chaque créature
Tout ce qu'elle contient de plus grand, de plus beau !
L'imagination admire tes merveilles,
Le cœur sent tes bienfaits, et dans l'ombre où tu veilles
L'esprit s'éclaire à ton flambeau !

C'est toi qui, dans la nuit répandant la lumière,
Guidas les premiers pas que fit l'humanité.
Ton effort affranchit l'homme de la matière,
La matière à son tour subit ta royauté.
L'homme étend son pouvoir sur toute la nature ;
Il s'empare de tout : agents, forces, moteurs ;
La chair des animaux sert à sa nourriture ;
Il transforme en amis les fléaux destructeurs.
Une tige de fer, fièrement élancée,
Prend la foudre au nuage ; et la foudre des cieux
Sur un fil de métal court avec la pensée,
Oubliant dans les airs la colère des dieux !
L'astre du jour fournit sa brillante lumière :
Admirez ce portrait gravé par le soleil !
Le gnomon sur le sol le suit dans sa carrière
Jusqu'à ce qu'il se couche à l'horizon vermeil.
Autrefois le marin se tournait vers l'étoile
Qu'il voyait immobile et blanche dans les cieux,
Puis une simple aiguille a dirigé sa voile :
Colomb sur l'Océan marche en fermant les yeux !
Ce terrible Océan, cet élément superbe,

Un tronc d'arbre a soûmis la fureur de ses eaux!
Le vent, qui peut courber l'homme comme un brin d'herbe,
Fait tourner ses moulins et voguer ses vaisseaux!
On sait utiliser tout, même l'inutile;
A chaque point du globe on arrache un trésor,
On rend le marais sain et le rocher fertile,
Du sable et du caillou jaillit la gerbe d'or!
L'homme, quand il le faut, corrige la nature :
Canaux, digues et ponts suspendus dans les airs,
Elle doit tout subir! l'homme la transfigure;
Il supprime les monts, les lacs et les déserts.

Entrez dans ce palais où trône l'Industrie :
C'est là que la Science expose sa grandeur,
Et que son œuvre entière en tableaux de féerie
Se déroule à vos yeux dans toute sa splendeur!
Admirez là surtout ces puissantes machines,
Ces ouvriers de fer dont l'âme est la vapeur...
La vapeur! ce ressort caché dans leurs poitrines,
Souffle qui de la masse anime la torpeur!
C'est elle qui produit la force de mille hommes;
Voilà le grand moteur, l'agent universel!
Elle fait des géants de nous, faibles atomes!
L'impossible bientôt deviendra le réel!

C'est le puissant levier qui soulève le monde;
C'est l'arme du progrès; et cette arme féconde,

Pure de sang humain, défend le paria ;
Et les nécessités terribles d'un autre âge
S'en vont : elle condamne et flétrit l'esclavage,
Qu'Aristote justifia !

O martyrs du travail, humaines hécatombes,
Vous, esclaves anciens, qui dormez dans vos tombes,
Si vous pouviez au vent secouer vos linceuls,
Vous briseriez vos fers et lèveriez la tête :
Le secret d'Aristote est trouvé : *la navette*
Et le fuseau marchent tout seuls !

La vapeur, c'est le serf, le prisonnier des bagnes ;
Elle forge, pétrit, cultive nos campagnes,
Moissonne les champs roux et fauche les prés verts,
Jette l'homme au milieu des mers et des montagnes,
Et lui fait en deux pas enjamber l'univers !
De son nuage noir jaillit partout la flamme,
Partout siffle dans l'air sa respiration...
La vapeur est partout ! c'est le souffle, c'est l'âme
De la civilisation !

Pour le progrès, jadis, on eut la Poésie.
C'est elle qui toujours, en Europe, en Asie,
Chante sur le berceau d'un monde nouveau-né.
Le civilisateur, alors, c'est le poëte ;

C'est l'homme que la Muse inspire et qui répète
Sa parole au peuple étonné.
Le progrès, dans la suite, emprunte un autre emblème :
Cet illustre savant, courbé sur son problème,
Philosophe sublime ou puissant inventeur
Qui porte l'avenir du monde dans sa tête,
Cet homme, ce savant, c'est le nouveau poète,
C'est lui le civilisateur!

Philosophe, en tous sens il explore notre âme;
Puis, s'élevant plus haut, détrône les faux dieux :
Il devine la loi suprême et la proclame,
L'auguste Vérité descend pour lui des cieux!
Juriste, homme d'État, dans le droit qu'il révèle
Il condamne la force et le crime vainqueurs;
Il a pour idéal cette loi naturelle
Que Dieu même a gravée au fond de tous les cœurs!
Historien puissant, d'une main affermie
Il fixe le passé, base de l'avenir;
Et tout âge qui meurt, ainsi qu'une momie
Il l'embaume aussitôt avec le souvenir;
La nuit des temps s'éclaire, il retrouve et jalonne
La trace des cités qu'emporta l'ouragan;
Il fait surgir Karnak, Pompéï, Babylone,
Des sables du désert, des laves du volcan!
Avec Claude Bernard, il scrute et vérifie
La machine animale; et dans chaque ressort
Il cherche avidement le secret de la vie...

Il s'arme du scalpel pour combattre la mort.
Avec Képler, Newton, il observe, calcule,
Et finit par trouver les lois de l'univers ;
Il *raffermit le monde avec une formule ;*
Et, tous les jours, des cieux nouveaux sont découverts !
Ah ! la Création, le Cosmos, la Nature,
Poème que Lucrèce autrefois a chanté,
Œuvre immense que Dieu montre à la créature,
Le savant, à son tour, chante sa majesté !
Il est poète alors, et la Muse l'inspire ;
Elle guide sa marche et découvre à ses yeux
La terre, l'océan, et tout ce qui respire ;
Puis, dans son vol hardi, l'élève dans les cieux.
Il arrache son voile à la nature entière,
Il met dans la clarté tous ses coins ténébreux ;
La superstition fuit devant sa lumière ;
En éclairant le peuple, il le rend plus heureux !
Il fouille la matière, et sa main lui dérobe
Les secrets surprenants de l'évolution ;
Georges Cuvier arrache aux entrailles du globe
Les âges primitifs de la création :
Il commande... Aussitôt les races disparues
Sortent de tous les points du sol bouleversé ;
Ces générations, à sa voix accourues,
Font de leurs ossements renaître le passé !
Parfois dans son esprit le savant crée un monde ;
Il réalise, un jour, son rêve audacieux :
Le monde de Colomb surgit du sein de l'onde,

Celui de Le Verrier se lève dans les cieux.
Pascal, dont l'œil s'étend sur la nature entière,
A le pressentiment de ce double infini
Qui sortira plus tard de toute la matière
Et bouleversera l'univers rajeuni !
Le savant, de nos jours, avec un verre sonde
L'atome qui lui semble aux étoiles pareil ;
Son œil et son génie aperçoivent un monde
Dans une goutte d'eau comme dans un soleil.
L'homme, admirant partout la nature infinie,
En voit de plus en plus l'ordre et la majesté ;
Et les conceptions, les rêves du génie,
Sont toujours au-dessous de la réalité !
La raison prouve alors ce que le cœur devine :
Dieu s'impose à l'esprit comme la grande loi !
Et le doute chancelle et Cabanis s'incline,
Quand la Science approuve et complète la Foi !

O Science, voilà vraiment ta poésie !
Quand la face de Dieu s'éclaire à ton flambeau,
L'imagination n'est-elle pas saisie,
Est-il un idéal plus beau ?

L'idéal ! l'idéal ! c'est le but du poète...
Mais c'est aussi le but que poursuit le savant,

Car son ambition n'est jamais satisfaite,
Car il va toujours en avant !

Il ne s'arrête point dans sa marche féconde :
Il a dans la science un champ illimité,
Grand comme son génie et grand comme le monde...
Il y sème la vérité.

Il sème, puis récolte ; et dans ce champ immense
Chacune des moissons qu'il fait ainsi venir
Lui fournit à son tour la nouvelle semence
Qui doit féconder l'avenir.

Ce travail de l'esprit, il n'est rien sur la terre
De plus fécond, le cœur n'a rien de plus vivant :
C'est un immense amour ! car la science austère.
Est la maîtresse du savant...

Et devant son amour, l'amour humain s'incline !
La Science, en effet, apparaît à ses yeux
Comme une créature éthérée et divine
Qui descendit, un jour, des cieux.

Aussi de quel respect sa passion l'entoure !
Comme il l'aime ! Son cœur parfois soupire en vain ;
Mais, quand elle se livre à lui, comme il savoure
Tous les chastes baisers de cet amour divin !
Plus il a ses faveurs, plus il l'aime ! il rayonne

Lorsqu'elle met pour lui ses mystères à nu,
Et que, comme une vierge effeuillant sa couronne,
Il la voit de sa main effeuiller l'inconnu!
Mais cet amour ardent qui l'embrase et l'anime,
Cette immatérielle et chaste passion,
C'est un amour sacré, c'est un amour sublime,
Pétri de dévouement et d'abnégation!
Sitôt que sa maîtresse adorée est en butte
A la haine, à l'erreur, qui veut l'anéantir,
Il prend sa cause en main, il se dévoue, il lutte...
Pour elle il est soldat, pour elle il est martyr!
Car il faut au Progrès de nombreuses victimes :
Socrate, Gutenberg, Fulton, Jacquart, enfin
Tous ces grands inventeurs et tous ces fous sublimes
Qui font le peuple riche et qui meurent de faim!

Progrès et dévouement! c'est la noble devise
Du savant, du penseur; le but auquel il vise,
C'est le bien de l'humanité.
Il a tous les élans, il a tous les courages!
Il ira, s'il le faut, chez les peuples sauvages
Pour leur prêcher la vérité.

Il s'ouvre, tous les jours, des régions nouvelles;
Il va dans les pays des neiges éternelles,

Il va dans les pays du feu!
Lesseps coupe un désert pour rapprocher deux mondes,
Et là deux océans viennent unir leurs ondes
Et s'embrasser sous le ciel bleu!

La Science partout chasse la Barbarie;
Les peuples éclairés s'estiment; la Patrie
N'outrage point l'humanité;
Le commerce rapproche et franchit la frontière...
C'est le progrès enfin qui fait dans la lumière
Resplendir la Fraternité!

Voyez donc ce palais de l'Industrie humaine,
Au-dessus de son dôme à la mine hautaine.
Levez vos regards éblouis :
La Fraternité plane aux voûtes éternelles
En faisant dans l'azur flotter comme des ailes
Les drapeaux de tous les pays!

Mais regardez là-bas, sur ce champ de bataille,
Les Russes et les Ottomans,
Et la guerre qui plane à travers la mitraille
Sur les drapeaux des régiments!
Regardez là, tout près de vous, les Tuileries,
L'Hôtel-de-Ville et ces palais,
Avec leurs murs troués et leurs pierres flétries
Par la flamme et par les boulets!
Voyez donc le passé dans cet affreux symbole!

Voyez dans le ciel menaçant
La Discorde qui plane aux lueurs du pétrole
Sur les drapeaux couleur de sang !
O sombre et triste époque où la haine, l'envie,
Les plus folles ambitions,
Déchaînent chaque jour le combat pour la vie
Et déchirent les nations !
Partout la loi de mort impitoyable et vile !
Partout le sol rouge et glissant !
C'est la guerre étrangère ou la guerre civile...
Toujours du sang ! toujours du sang !

Le Progrès n'est-il donc qu'un mot sonore et vide ?
L'avenir n'offre-t-il qu'un mirage perfide ?
Devons-nous travailler en vain ?
Non, car l'œuvre de l'homme est toujours imparfaite,
Car la perfection dépasse notre tête,
Car c'est là l'attribut divin !

Aussi c'est l'idéal de l'homme ! et la Science
Vers ce but élevé monte avec patience :
Son rôle providentiel
Est de nous rapprocher, nous tous tant que nous sommes,
De ce Dieu créateur qui domine les hommes
De toute la hauteur du ciel !

S'il faut vraiment la lutte à nos temps héroïques,

Que la Science avec ses combats pacifiques
Trouve nos courages tout prêts !
Couvrons partout le sol de cadavres d'idées,
Et que les nations soient toutes fécondées
Par l'invasion du Progrès !

LE POÈTE SOLDAT

ODE

A PAUL DÉROULÈDE

Un homme a tous les dons, tous les biens qu'on envie;
Il est jeune, il est riche, il est fier, il est beau;
L'intelligence enfin, pour couronner sa vie,
Sur son front de vingt ans allume son flambeau.

Poète, sur la scène il fait vibrer sa lyre;
Et, pour lui, le succès prodigue ses faveurs,
Les hommes leurs bravos, les femmes leur sourire;
L'éclair du feu sacré luit dans ses yeux rêveurs.

Le fardeau de la vie est doux à son épaule,
Et jamais son regard ne s'est voilé de pleurs;
La gloire sur son front place son auréole,
Le bonheur sur ses pas sème toutes ses fleurs.

Tout à coup au milieu des bravos du théâtre
Éclate un bruit plus fort. C'est le bruit du canon!
La France est envahie! il faut aller se battre!
Le poète va-t-il se croiser les bras? Non.

Il part — car il s'agit de notre délivrance!
Un drame vrai, poignant, va se jouer: il a
Pour héros, pour acteurs, les enfants de la France...
En route pour le Rhin! car le théâtre est là!

Il part — il marche, il court, il vole à la frontière!
Adieu les doux loisirs et les beaux vers! adieu
La gloire même, hélas! sa vie est tout entière
A la France... En avant! Pour la Patrie et Dieu!

Adieu la gloire? non; car à la baïonnette
Il enlève, il conquiert une autre gloire! Il joint
Les lauriers du soldat aux lauriers du poète...
Lauriers sacrés et qui ne se flétrissent point!

Il combat; et la Gloire et la Patrie, en quête
De champions tirant les glaives des fourreaux,
Ont trouvé ce qui leur fallait dans le poète:
La Patrie un soldat et la Gloire un héros!

Poète à l'âme haute et fortement trempée,
Sanctifiant la Muse à l'amour du pays,
Il combat de la lyre autant que de l'épée,
Il se bat en chantant pour les chers envahis!

Et, la Patrie au cœur et le chant sur la bouche,
Sous l'inspiration de son amour fervent,
Le poète-soldat, intrépide, farouche,
Jette aux Français son cri de bataille : *En avant!*

En avant! secourez la France qui succombe!
En avant! que vainqueur son drapeau flotte au vent!
En avant! et si vous mourez, *vive la tombe*,
Quand de votre tombeau le *pays sort vivant!*
En avant! en avant! en avant! en avant!

O cri superbe! ô chants d'héroïsme et de gloire!
Ah! ces chants ne sont pas signés par la Victoire!
Mais l'Honneur nous reste toujours!
O Français, soyez fiers malgré votre défaite!
La France, la Patrie, a trouvé son poète!
Sonnez, clairons! battez, tambours!

Le poète-soldat nous apparaît encore
Enveloppé des plis du drapeau tricolore,
Les cheveux au vent, l'œil en feu,
S'élançant au combat, saisi d'un saint délire,
Dans une main l'épée et dans l'autre la lyre,
Le front haut et tourné vers Dieu!

Celui qui dans l'épreuve accourut à notre aide.
Ce poète-soldat, c'est toi, Paul Déroulède!

La gloire a couronné ton jeune front; mais toi,
Enlevant de ta main la couronne immortelle,
Enfant, tu l'as portée à ta mère : c'est elle
Qui te donna l'ardeur, l'héroïsme et la foi!

Lorsque vinrent les jours d'épreuve et de souffrance,
Elle avait deux enfants, elle leur dit : *Partez!*
Française, ses deux fils sont d'abord à la France!
Partez donc, leur dit-elle, allez et combattez !

Et vous êtes partis pour les grandes batailles!
Et pour voir les Français revenir triomphants,
La mère, offrant son cœur, sa chair et ses entrailles,
Se donnait elle-même en donnant ses enfants.

Puis, quand ses fils, blessés dans la mêlée obscure,
Tombèrent tous les deux au champ d'honneur français,
La mère fut frappée au cœur de leur blessure,
Et tomba pour ne plus se relever jamais!

Et maintenant *infirme*, hélas! elle est couchée
Sur son lit de douleur; et résignée à tout,
Comme si le trépas ne l'avait point touchée,
Dans son corps abattu *l'âme* reste *debout*!

Et toi, vaillant comme elle et gardant l'espérance,
Debout aussi sur les ruines de la France,

Tu tournes confiant tes yeux vers l'avenir.
Tu songes au réveil de ta France chérie,
Et tu restes soldat afin qu'à la Patrie
Tu puisses mieux appartenir!

Tu ranimes chez nous le feu patriotique;
Ta parole enflammée, altière, frénétique,
Chaque son de ton luth orageux et grondant
Fait du cœur des Français jaillir des étincelles;
Et ta Muse inspirée, au vent de ses deux ailes,
Active ce foyer ardent!

L'enthousiasme saint et l'orgueil magnanime,
Tout ce que l'âme humaine a de grand, de sublime,
Tout ce qui de nos cœurs monte vers le ciel bleu,
Respire dans ton âme et dans tes vers! Tu chantes
Tes trois amours, amours superbes et touchantes :
Ta mère, la Patrie et Dieu!

Et, pour donner l'espoir lorsque l'on désespère,
Tu nous dis les hauts faits de la dernière guerre,
Et que, si la Fortune un jour nous a trahis,
Si nous avons alors été vaincus, qu'importe?
La race des héros n'est pas encore morte,
L'honneur est immortel dans notre cher pays!

Tu chantes les Français de cette époque sombre
Marchant aux Prussiens sans regarder le nombre,

Bouchant avec leur corps la gueule des canons!
Tu chantes les soldats modestes et sublimes,
Tous ces martyrs obscurs, ces héros anonymes,
Connus par leurs exploits plutôt que par leurs noms!

Tu nous montres enfin qu'on sait toujours se battre
Dans le vieux et noble pays
De Jeanne Darc et d'Henri-Quatre,
De Bayard et de Saint-Louis;
Et que la jeune France est digne que Dieu l'aide,
Et que l'on sait aller au-devant du canon
Dans la France de Hoche et de Napoléon,
Dans le pays de Déroulède!

La foi dans l'avenir, l'*espoir que rien n'abat*,
Respire à pleins poumons dans ta poitrine large!
Comme un clairon guerrier, ton vers sonne la charge
Et verse dans les cœurs l'ivresse du combat!

Tu fais, en nous montrant comme but la victoire,
Des vaincus d'aujourd'hui les vainqueurs de demain;
Vers l'avenir, vers la revanche, vers la gloire,
Tu conduis, en chantant, la France par la main!

Jeune père de la Patrie,
Pour nous tu formes des enfants,
Des soldats, que ta voix chérie

Fera vainqueurs et triomphants !
Même chez les moins héroïques
Tu mets les sentiments stoïques,
La fierté, l'ardeur et la foi !
Pour la grande et rude bataille
Tu hausses leur cœur et leur taille,
Tu les élèves jusqu'à toi!

Et c'est pourquoi, noble poète,
En te lisant, malgré tous les maux ressentis,
Nous nous trouvons plus forts et nous levons la tête,
Nous, les humbles ! nous, les petits!
Tu nous donnes ton cœur; tu nous donnes sans trêve
Tes élans les plus vifs, tes souffles les plus chauds!
Tel le chêne puissant communique la sève
Aux plus petits de ses rameaux !

LES DEUX PHILOSOPHIES

Les nombreux sectateurs d'Horace et d'Épicure
Disent : La vie est courte; et sur la mer obscure,
Où nous sombrons, jamais rien ne vient surnager.
L'âme, pas plus que Dieu, ne s'est montrée à l'homme;
Ce qu'on appelle ainsi n'est pas même un atome...
Ce n'est qu'un souffle passager,

Un éclair qui s'éteint dès que le corps succombe !
L'homme qui meurt descend tout entier dans la tombe;
Cette nuit du trépas, dans laquelle il s'endort,
D'une aube et d'un réveil ne sera pas suivie...
Si dans quelque élément l'homme trouve la vie,
Ce n'est point au sein de la mort!

Donc profitons des jours que nous avons à vivre,
Cueillons toutes les fleurs que le plaisir nous livre,
Cupidon et Bacchus sont pour nous les seuls dieux :

Adorons galamment les femmes peu sévères,
Buvons, et que le vin scintille dans les verres
Ainsi que l'amour dans les yeux! —

Eh bien! non, quel que soit le destin qui nous mène,
Jouir n'est pas le but de la sagesse humaine,
Et le néant n'est pas notre suprême loi;
Nous sentons vivre en nous une flamme divine!
Livrons donc le secret que notre cœur devine,
Et jetons un long cri d'espérance et de foi!

Non, l'âme ne meurt pas lorsque le corps succombe!
Nous avons cet espoir, nous qui croyons en Dieu!
Non, non, l'homme, en mourant, sur le bord de la tombe
Ne dit pas à la vie un éternel adieu!
C'est surtout dans le cours des épreuves humaines,
Quand le destin nous fait sentir sa pesanteur,
Que nous avons besoin, pour supporter nos peines,
De cet espoir consolateur!

Apôtres du néant, qui niez l'autre monde,
Songez aux malheureux! Ne craignez-vous donc pas
Que, pour quitter plus tôt une terre inféconde,
Ils n'ouvrent de leurs mains les portes du trépas?
Oh! cessez d'avilir, de traîner dans la fange,
Ce principe divin de l'immortalité!
Et, si c'est une erreur, trouvez donc en échange
Une plus belle vérité!

LE PRINCE IMPÉRIAL

> Lorsqu'on demande aux Zoulous pourquoi ils n'ont pas enlevé au jeune prince, après sa mort, la chaîne d'or avec médaillon qu'il portait au cou, ils répondent : « Parce qu'il était brave, il se battait comme un jeune lion. »

I

Saluons en pleurant le doux héros qui tombe!
Violettes, croissez et parfumez sa tombe;
Abeilles, venez-y, pour faire votre miel,
En butiner les fleurs et respirer son âme;
Aigle, éteins dans ton vol ton tonnerre et ta flamme,
Et plane tristement sur lui du haut du ciel!

Si je parle de toi, jeune homme magnanime,
Moi, qui ne t'ai jamais flatté quand tu vécus,
C'est qu'hélas! le malheur t'a choisi pour victime...
Je ne chante les grands que lorsqu'ils sont vaincus.

D'abord le vent d'exil arracha ta couronne,
Puis la Mort d'un coup d'aile éteignit ton flambeau...
Moi qui ne t'aurais pas célébré sur le trône,
Je te chante dans le tombeau.

Pauvre prince! après tant d'espoirs, que de tristesses!
Ta vie, à ses débuts, avait tant de promesses,
— Aurore, tant d'éclat; et printemps, tant de fleurs!
C'était le temps alors où la bonne fortune
Amenait à tes pieds une foule importune
De flatteurs qui s'en vont quand viennent les malheurs.

Le peuple affermissait le trône de ton père,
Et quelques ennemis le menaçaient en vain;
L'Empereur était grand, la France était prospère,
Le riche avait de l'or, le pauvre avait du pain;
Et ta mère passait, ravissante et ravie,
Dans le palais des rois, reine par la beauté,
Et dans les hôpitaux, au péril de sa vie,
Comme une sœur de charité.

Pendant qu'on la voyait planer, ange ou colombe,
Au-dessus des fléaux, au-dessus de la tombe,
L'aigle planait aussi, fièrement, sans terreur,
Au-dessus des revers du destin infidèle,
Avec les étendards de la France nouvelle
Et le grand souvenir du premier Empereur...

Napoléon premier! souvenir qui rayonne!
Ce héros, couronnant la Révolution,
Fait monter avec lui le peuple sur le trône,
Et la France devient la *grande nation*.
Comme au sol étranger ses victoires altières,
Son nom au sol français s'imprime en traits vainqueurs;
Son image est partout, dans toutes les chaumières,
Et son amour dans tous les cœurs.

Et toi, vivant dans cette atmosphère de gloire,
Dans cet air frémissant du vol de la victoire,
Près des hommes d'État et des vieux généraux,
Toi, prince, dès l'enfance, aux souvenirs fidèle,
Tu prends le grand aïeul pour guide, pour modèle;
Dans le corps de l'enfant bat le cœur d'un héros...

Et bientôt le jeune homme en doit donner la preuve!
Sur la terre d'exil, il rêve de hauts faits;
Son âme réagit, s'exalte dans l'épreuve...
A d'autres de faiblir, de plier sous le faix;
Le repos n'est pour lui qu'une tombe vivante;
Il veut agir, lutter; le temps lui paraît long;
Rien ne peut couper l'aile à son âme fervente,
Rien ne fera ramper l'aiglon!

Le regret du proscrit, et c'est là sa souffrance,
Est que son dévouement ne peut servir la France...
Hélas! le sol natal lui défend son accès.

Loin du sol et du cœur de la France chérie,
Il voudrait lui prouver qu'il aime sa patrie
Et que, bien qu'il soit prince, il est encor Français!

Sous le ciel gris et lourd de la froide Angleterre,
L'enfant sent bouillonner, bondir son sang vermeil;
La gloire séduisante et le devoir austère
L'invitent à montrer sa valeur au soleil.
C'est l'amour de la gloire, avant tout, qui l'éprouve;
C'est lui qui fait son cœur ardent et son bras fort;
Il part, il va chercher cette gloire; il la trouve...
Hélas! il trouve aussi la mort.

II

Là-bas, dans le ravin, parmi les hauts herbages,
Il résiste aux Zoulous qui s'acharnent sur lui;
Seul, il tient en échec la foule des sauvages;
Ses compagnons d'armes ont fui...

Il est seul; mais il vaut, à lui seul, une armée.
Avec l'asségaï la Mort prend son essor;
Il pleut des traits de fer; la terre en est semée...
Il combat, il combat encor!

Le fer siffle, s'acharne, atteint de ses morsures
Le jeune homme hardi qui lutte sans secours;
La mort plane; son corps est criblé de blessures...
Il combat, il combat toujours!

Il ne recule point. Comme dans la tempête
Le chêne vigoureux se brise sans plier,
Sous l'ouragan de fer, qui tombe sur sa tête,
Il meurt enfin, le fier guerrier!

Il meurt; mais, en mourant, il sait que dans l'histoire
Sa vie aura du moins un splendide réveil;
Et le brillant héros se couche dans sa gloire,
Fièrement, comme le soleil!

III

Les Zoulous voient enfin le héros qui succombe;
Ils n'osent s'approcher de lui que lorsqu'il tombe...
Hommage magnifique au vaillant champion!
Ils lui laissent, au cou, sa chaîne d'or; dans l'herbe
On admire étendu le combattant superbe,
Celui qui *se battait comme un jeune lion.*

Ah! sans doute, en mourant, il songeait à la France...
Lorsqu'il se vit perdu, lorsque sans espérance

Contre tant de guerriers il luttait seul, tout seul !
Le suprême regret de son âme assombrie
Dut être de ne pas mourir pour sa patrie,
Avec son drapeau pour linceul !

C'est pour des étrangers, dans une affreuse guerre,
Que notre *petit prince* est mort — pour l'Angleterre !
Oh ! ce triste pays à la France est fatal...
Bûcher de Jeanne Darc ou roc de Sainte-Hélène,
L'Anglais offre partout l'image de la Haine ;
Toujours quelque échafaud lui sert de piédestal !

Et maintenant, Anglais ! faites venir vos prêtres,
Priez pour cet enfant et flétrissez les traîtres ;
Versez sur son tombeau vos pleurs, votre remord ;
Élevez-lui des croix dans ces pays sauvages...
C'est en vain qu'on lui rend tous ces pompeux hommages,
Le prince est mort ! le prince est mort !

Toi, pauvre femme en deuil, qui gémis dans l'épreuve,
Ajoute un nouveau crêpe à tes voiles de veuve :
De loin, ton fils t'adresse un éternel adieu...
Elle t'a donc tout pris, la Fortune jalouse !
Ah ! malheureuse mère, ah ! malheureuse épouse,
Tu n'as plus pour soutien que Dieu !

Et nous, les partisans, les amis de l'Empire,
Devons-nous croire, hélas ! que notre règne expire

Et suit le prince aimé qui descend au cercueil?
Notre ciel est obscur; mais gardons l'espérance,
Le soleil d'Austerlitz est l'astre de la France,
L'Empire renaîtra plein de vie et d'orgueil!

En attendant, pleurons le doux héros qui tombe;
Violettes, croissez et parfumez sa tombe;
Abeilles, venez-y, pour faire votre miel,
En butiner les fleurs et respirer son âme;
Aigle, éteins dans ton vol ton tonnerre et ta flamme.
Et plane tristement sur lui du haut du ciel!

LA JEUNE FILLE

I

Elle passe là-bas, avec sa robe blanche,
La vierge de seize ans, aux yeux bleus, au front pur,
Et Dieu semble bénir son beau front qui se penche,
Et le ciel envier à ses yeux leur azur?

Tout en elle est sans tache et blanc comme sa robe;
Son sein de neige abrite un cœur plein de candeur,
Sa jeunesse naissante a la fraîcheur de l'aube;
L'éclat de sa beauté se voile de pudeur.

Ses cheveux blonds, tombant en tresses sur l'épaule,
Dans leurs fauves reflets semblent d'or au soleil;
Sa taille est souple comme une branche de saule,
Sa bouche qui sourit brille d'un sang vermeil.

Est-elle heureuse? oh! oui, ce sourire angélique
Exprime le bonheur d'un cœur chaste, innocent;
Et cependant elle a le front mélancolique,
Tout en elle est pensif, rêveur et languissant.

C'est que, loin des plaisirs profanes de ce monde,
Elle vit dans la paix et dans la piété :
Le bonheur resplendit sur cette tête blonde
Dans un nimbe de sainteté.

Jeune vierge timide et qu'un rien effarouche,
Elle marche, effleurant à peine le chemin,
Calme, les yeux baissés, le sourire à la bouche,
Un livre d'heures dans la main.

Comme une créature idéale ou divine
Qui, lorsque nous rêvons, passe devant nos yeux
A travers un brouillard transparent qu'illumine
L'éclat de son front radieux,

La jeune fille passe, ange de cette terre,
Dans un rayonnement de grâce, de beauté,
Et dans une suave et divine atmosphère
D'innocence et de piété.

II

Dans ce cœur simple, avec l'amour de la famille,
Règne et s'épanouit le pur amour de Dieu.
Comme elle prie avec ardeur, la jeune fille,
Au moment solennel où tout dans le saint lieu
Retentit de concerts et brille de lumières,
Lorsque dans ses transports tout un peuple pieux,
Aux sons de l'orgue, avec ses chants et ses prières
Semble vouloir lancer son âme dans les cieux!
Et quel recueillement, quand la nef solitaire
Vers le déclin du jour se remplit de mystère,
Lorsque dans le silence on croit entendre encor
Murmurer vaguement des échos de cantique,
Lorsque autour des piliers, autour des lustres d'or,
Et sous les noirs arceaux de la voûte gothique,
Avec des lambeaux d'ombre on voit dans tous les sens
Flotter et s'allonger des nuages d'encens!
Oh! c'est alors surtout, dans le silence et l'ombre
Qui remplissent la nef, c'est alors qu'il faut voir
La jeune fille au fond d'une chapelle sombre
Disant avec ferveur sa prière du soir.
Elle prie à genoux sur les dalles de pierre,
Les mains jointes, le front baissé modestement;

Elle lève parfois ses beaux yeux lentement
Comme pour voir monter vers le ciel sa prière...
Et ces yeux, où se peint ce qu'éprouve son cœur,
Sont remplis à la fois de flamme et de langueur.
L'amour divin lui donne une ivresse extatique.
Elle voudrait alors, dans son amour mystique,
Voir s'ouvrir tout à coup dans l'air silencieux
La voûte de l'église et la voûte des cieux,
Pour qu'elle pût enfin sans obstacles, sans voiles,
Contempler sur son trône, au-dessus des étoiles,
Dans un rayonnement de céleste clarté,
Près de la sainte Vierge, au milieu de ses anges
Qui sur des harpes d'or célèbrent ses louanges,
Le bon Dieu dans sa gloire et dans sa majesté!

En ce moment, l'amour divin la transfigure.
Si l'on entrait alors dans la chapelle obscure,
On croirait tout à coup voir un ange des cieux,
Un séraphin priant à genoux sur la pierre,
Tant la vierge timide, en faisant sa prière,
A d'amour dans le cœur et de foi dans les yeux!

III

C'est ainsi qu'elle éprouve une ivresse ascétique,
Et que son cœur se livre à des transports sans fin,

Ainsi s'épanouit cette rose mystique
Au soleil de l'amour divin!
Mais cette fleur suave appartient à la terre :
Ne s'ouvre-t-elle point aussi dans le mystère
Au soleil de l'amour humain?

O vous qui gazouillez dans ce riant bocage,
Jolis petits oiseaux, gais chanteurs voltigeants,
Interrompez un peu votre joyeux ramage,
Et dites-nous quels sont ces deux beaux jeunes gens
Qui passent, ce jeune homme et cette jeune fille,
Marchant l'un près de l'autre en se parlant tout bas
Sous les tilleuls, au clair de lune, à petits pas,
Tandis que dans le ciel chaque étoile scintille!

Ce sont des amoureux marchant, le front baissé,
En se parlant d'amour, sous le feuillage sombre;
C'est Elle, n'est-ce pas, avec son fiancé?
Ils sont seuls, et la nuit les couvre de son ombre...
Mais tout respire en eux la fraîche pureté
Et le calme parfait de la belle Nature
Reposant sur son lit de fleurs et de verdure
Dans la douce langueur de cette nuit d'été.

Profond apaisement des êtres et des choses!
Dans l'air tranquille et pur, sous la voûte des cieux,
Où montent les parfums des jasmins et des roses,
A peine l'on entend des bruits mystérieux;

Et dans cette rumeur confuse de l'espace
Les doux propos d'amour, échangés à voix basse,
Se confondent avec le murmure des eaux,
Le souffle de la brise et le chant des oiseaux !

Bientôt même la voix sur leurs lèvres expire ;
Et, la main dans la main, ne sachant plus que dire,
Longuement, en silence, ils regardent les cieux.
Puis, tous les deux ensemble. ils abaissent les yeux ;
Et chacun d'eux alors contemple, en son ivresse,
Le visage de l'autre avec tant de langueur,
Tant de ravissement et de chaude tendresse,
Qu'il semble avoir trouvé le vrai ciel de son cœur !
Dans la béatitude où son être se pâme,
Rien d'impur ne se mêle à l'ivresse de l'âme ;
La vierge ne peut pas rougir de son bonheur,
Et son ange gardien, toujours à côté d'elle,
Ne cache pas son front du revers de son aile
Au moment où l'amour fait déborder son cœur !

L'AMBITION DES PETITS

I

Le brin d'herbe disait : Je suis bien misérable!
Ma faiblesse, fardeau léger dont je suis las,
Écrase mon orgueil ! Mon sort est déplorable...
Brins d'herbe, brins de mousse, ou brins de paille, hélas!
Nous sommes les petits dans la grande nature...
L'homme fier, de pitié, sourit à notre aspect;
Le faible enfant, la plus chétive créature,
Nous foule sous les pieds comme le ver abject.
Oui, je ne suis qu'un point perdu dans la campagne,
Un atome subtil, presque immatériel...
Ah ! comme je voudrais être cette montagne
Qui là-haut semble faire une trouée au ciel !
Si j'étais seulement ce grand arbre, ce chêne,
Qui là, tout près de moi, s'élève dans l'air pur!

Mais, hélas! ma faiblesse au ras du sol m'enchaîne,
Je ne suis qu'un atome et qu'un brin d'herbe obscur!

Cependant peu à peu, tandis que le brin d'herbe
Exprime ses désirs et ses vœux impuissants,
Sur la haute montagne, autour du pic superbe,
De gros nuages noirs se forment, menaçants.
Et l'orage bientôt éclate! La tempête,
A coups de foudre, à coups de vent, frappe la tête
Du mont qui s'élevait dans l'air si fièrement!
Puis, l'orage en fureur descendant sur la plaine,
Le tonnerre, le feu du ciel, frappe le chêne,
Et le chêne s'abat sur le sol, lourdement!
Quand l'orage finit, lorsque le ciel en fête
Se dégage serein des flancs de la tempête
Comme d'un cauchemar sort un joyeux réveil,
Près du chêne abattu, sans gloire, sans prestige,
Le brin d'herbe épargné ne porte sur sa tige
Qu'une goutte de pluie, une perle au soleil!

Tout brille maintenant; l'atmosphère bleuâtre
Est transparente; seul, un nuage blanchâtre
Vogue avec majesté dans le ciel calme et pur
Comme un navire blanc sur une mer d'azur.
Et tout haut, dans les airs, des oiseaux pêle-mêle
Tourbillonnent, joyeux, et chantent dans leur vol;
Plus bas deux passereaux, le mâle et la femelle,
Voltigent en tous sens et picotent le sol.

Ils ramassent des grains, des brins d'herbe et de mousse,
Car tous ces riens sacrés font vivre les oiseaux,
Et pour leurs chers petits la chaleur est plus douce
Au fond des nids moelleux ainsi que des berceaux.

II

Eh bien, vous, les rêveurs d'en bas, les misérables,
Vous tous qui jalousez les riches et les grands,
Ne vous figurez pas leurs destins préférables,
Soyez plutôt heureux de vos sorts différents :
C'est votre humble destin qui souvent vous protége ;
La foudre frappe en haut. Les pics couverts de neige
Tremblent lorsque la nue envahit les cieux clairs.
Hommes déshérités, brins d'herbe des campagnes,
N'enviez pas les grands ! Les rois et les montagnes
Ont le front couronné d'orages et d'éclairs.

Et d'ailleurs, si chétifs que vous soyez sur terre,
Vous pouvez être encore utiles, bons et doux.
Car vous en trouverez, de plus chétifs que vous !
Votre assistance peut leur être salutaire.
Le plus faible secours,le plus petit morceau
De pain, devient alors une offrande superbe;
Vous pouvez réchauffer, pauvres gens ou brins d'herbe,
Le grabat de l'infirme ou le nid de l'oiseau.

N'enviez donc personne! heureux dans votre sphère,
Contentez-vous des dons par le ciel répartis,
Et faites tout le bien que le petit peut faire :
C'est là l'honneur, c'est là la grandeur des petits!

Aux yeux du philosophe et pour Dieu, notre maître,
Le plus petit objet et le plus petit être
Égalent les plus grands, car tous ont leur grandeur;
Le plus vil a son prix, le plus laid sa splendeur.
Voyez le ver luisant : il rampe, mais il brille;
La chrysalide frêle enferme un papillon;
Toujours quelques épis, coupés par la faucille,
Pour le pauvre et l'oiseau restent sur le sillon;
Volant de tous côtés dans la lumière blonde,
Avec le suc des fleurs l'abeille fait son miel;
La goutte d'eau condense en elle tout un monde,
Et l'étoile en contient un autre dans le ciel;
Si comme l'aigle altier la chétive hirondelle
Ne peut pas fixement regarder le soleil,
Elle vole aussi haut, et franchit d'un coup d'aile
L'atmosphère azurée et l'horizon vermeil.

III

En voyant la grandeur de toute créature,
N'ayez donc pas d'envie et de haineux regard

Pour les enfants gâtés de la Mère-Nature,
Les favoris de la fortune ou du hasard!
Laissez-les tous marcher fièrement dans leurs voies...
Et du reste comme eux vous avez, pauvres gens,
Vous avez vos bonheurs, vos plaisirs et vos joies;
Il est aussi des biens pour vous, les indigents!
La Nature vous offre en tous lieux ses merveilles,
Ses beautés, ses grandeurs et ses enchantements.
Vous avez le ciel bleu, les aurores vermeilles,
Les splendides midis, les soirs doux et charmants,
Vous avez les prés verts, les bois, les fleurs écloses,
Les vastes horizons qui s'ouvrent devant vous;
Enfin, et par-dessus toutes ces belles choses,
Vous avez le soleil qui rayonne pour tous!
Vous avez, vous aussi, les voluptés sacrées;
Dans votre âme l'amour épanche le bonheur;
Vous pressez dans vos bras des femmes adorées,
Et vous sentez alors déborder votre cœur!
Vous avez des enfants qui, pleins de grâces mièvres,
Gaîment sur vos genoux viennent se reposer,
Et qui de vos genoux montent jusqu'à vos lèvres
Pour cueillir cette fleur de l'âme, le baiser!
Ne vous plaignez donc pas! Pour nous tous libérale,
La Nature pour vous n'a pas tant de rigueur!
O petits, vous avez votre grandeur morale,
O pauvres, vous avez tous les trésors du cœur!

Ah! ce sont là les vrais, les seuls biens de la vie;

Hors de là tout est vain, tout n'est que vanité...
Tout ce qui dans le monde excite votre envie,
Oui, tout ce qui s'élève ou brille, en vérité,
Tombe fatalement ou pâlit et s'efface :
C'est la bulle qui crêve en montant dans l'espace;
C'est le chêne orgueilleux qui tombe avec fracas
Brusquement; c'est l'éclair de la nue enflammée
Qui brille et disparaît soudain; c'est la fumée
— Cette image de la vanité d'ici-bas —
Qui s'élance dans l'air du ciel, légère et prompte,
Et qui, se dissipant, s'éparpille partout;
C'est le ballon joyeux qui monte, monte, monte,
Toujours plus haut, toujours plus haut, et tout à coup
Tombe! — Ainsi, pauvre gens, innombrable famille,
Vous dont l'ambition monte dans son essor
Vers tout ce qui s'élève et vers tout ce qui brille,
Vous qui voulez heurter du front les astres d'or,
Ne vous consumez point en efforts inutiles,
Vos fronts se briseraient contre les cieux hostiles!
Les sublimes élans pour vous, rêveurs d'en bas,
Les élans pour lesquels il n'est point de barrière,
Sont les élans du cœur vers Dieu! c'est la prière :
Seule, elle monte au ciel et ne redescend pas!

LE VIN DE BORDEAUX

Contemporain des premiers âges,
Le vin fut honoré de tous temps, en tous lieux;
Et pour adorateurs il eut des rois, des sages,
Des héros et des demi-dieux.
De nos jours, il immortalise
Parmi nous son règne joyeux;
Le prêtre l'emploie à l'église,
Le poète le chante et le boit encor mieux!
Tout le monde lui rend l'honneur dont il est digne;
Et l'impie essaierait en vain
De rester insensible au culte de la vigne;
Il se courbe devant le breuvage divin,
Il adore à genoux sa déité bénigne,
Son eau bénite... c'est le vin!

Cette religion admirable est peut-être
La plus large, la plus ouverte à tout mortel :

Car tout buveur en est le prêtre,
Et chaque table en est l'autel!

O vin! pieusement devant toi je m'incline!
Et si, parmi tant de lourdauds,
Il en est un, un seul! dont l'esprit s'imagine
Que le vin ne soit pas une boisson divine,
Qu'il boive du vin de Bordeaux!
Oh! le vin de Bordeaux! quel bon vin! quel breuvage
Exquis, affriolant!
O vin délicieux! va, je te rends hommage,
Que tu sois rouge ou blanc!

Et d'abord ta couleur, ô vin rouge! est vermeille
Autant que le corail à l'état empourpré;
Et ta robe, ô vin blanc! est d'un blond si doré
Qu'il semble qu'on ait mis le soleil en bouteille!
Pour le bouquet, ô vin! tu peux aller partout:
Ton parfum te trahit comme la violette;
Et pour le goût... ah! pour le goût,
Le nectar près de toi n'est que de la piquette.
Lorsqu'on boit le Bordeaux, cette exquise liqueur!
Son liquide velours dans le corps et dans l'âme
S'insinue, et sa douce flamme
Vous met un soleil dans le cœur!

Avec sa liqueur chaude il nous verse la joie!
Il a le tissu fin et doux comme la soie

Qui vient de sortir du métier.
Il ne ressemble point aux vins de la Cerdagne,
A ces lourds et gros vins de Narbonne et d'Espagne,
Épais comme la colle ou comme le mortier...
Boissons d'ailleurs très libérales,
Avec lesquelles à coup sûr
On pourrait afficher des placards sur un mur
Et construire des cathédrales!

Le vin de Bordeaux est léger
En même temps qu'il est tonique;
Il réconforte sans charger
L'estomac... c'est un vin vraiment hygiénique!
Remède universel, tous les maux que l'on a,
Il les guérit, et de bonne manière!
Il enfonce le quinquina
Et la *douce Revalescière*.
C'est le roi des médicaments....
Et quel remède exquis, délicat, adorable!
Quelle potion admirable!
Quel baume savoureux que l'huile de sarments!

Le Bordeaux rend la force à ceux que l'âge affaisse;
Plus il est vieux, et plus il donne de jeunesse!
Il allonge la vie en nous rendant plus sains.
Il aurait même pu, narguant la Providence,
Rendre l'homme immortel...si Dieu, dans sa prudence,
N'eût pas créé les médecins!

Si le vin de Bordeaux, que chante le poète,
A toutes ces vertus, s'il est partout vanté,
C'est que ce vin fameux est un vin très honnête,
Il est rarement frelaté.
Le Bordeaux est le vin moral par excellence !
Quoi qu'en dise la malveillance,
Les Gascons de Bordeaux ont le cœur ingénu.
On repousse chez eux tout profane alliage,
On n'use jamais du mouillage,
Et le trois-six est inconnu.
Braves négociants ! leur probité foncière
A la tentation est exposée en vain ;
Quoique aux Chartrons on soit tout près de la rivière,
On ne met pas d'eau dans le vin.
Le Bordeaux a vraiment l'innocence angélique.
Saintement naturel, nullement arrosé,
Honnêtement alcoolique,
Bien qu'il ne soit pas baptisé,
Il est un vin très catholique.

O bons commerçants des Chartrons !
Vous, si loyaux, si francs, si ronds !
Si vous aviez vécu jadis, aux temps antiques,
Quand les hommes étaient malins et sarcastiques,
Les Grecs, ces maîtres persifleurs,
Vous auraient respectés, braves gens ! je le jure...
Ils ne vous auraient pas donné pour Dieu Mercure,
Dieu des marchands et des voleurs !

Que si, par la loi des contraires,
Il se trouve à Bordeaux, parfois, quelques marchands
Qui frelatent le vin, ce sont là de faux frères;
Et d'ailleurs ces messieurs ne sont pas si méchants !
Ils ont du moins une excuse... potable :
C'est qu'outre la gelée un fléau redoutable,
Un vampire, altéré comme le Sahara,
Boit le sang de la vigne... et le vin devient rare !
Il faut donc que, ce mal, le marchand le répare :
C'est la faute au phylloxéra !
L'ennemi de la vigne est cet animalcule;
Adversaire à la fois terrible et ridicule,
C'est un insecte vil que ce phylloxéra !
Cet insecte est un monstre : ô Bacchus ! quel Hercule
Naîtra pour le combattre et l'exterminera ?

Faut-il donc arracher la vigne?
Oh ! ce serait un sacrilège... oh ! oui,
Dieu maudirait, au ciel, ce sacrilège insigne,
Et Satan, dans l'enfer, en serait réjoui !
O vous tous, qui lisez ces rimes éphémères,
Laissez au bois le rossignol,
Les roses aux rosiers, les enfants à leurs mères,
Et les vignes à notre sol !
Soignez, n'arrachez pas ! le mal est transitoire.
Ces vignes, d'où s'épanche une telle liqueur,

Ne les arrachez pas de notre territoire,
Ne les arrachez pas, hélas ! de notre cœur !

Et toi, mon Dieu ! toi qui nous envoyas sans doute
Les fléaux de la vigne afin de nous punir
De nos iniquités, ô Dieu puissant, écoute
Nos supplications et daigne les bénir !
Nous avons bien souffert, épargne tes victimes !
Si vraiment nous avons expié tous nos crimes,
Si nous avons assez mis d'eau dans notre vin,
Si nous avons assez bu le vin des chimistes,
Seigneur, épargne-nous des épreuves si tristes,
Supprime ces poisons, laisse-nous boire enfin !

Ah ! Bacchus, ton confrère, un ancien dieu bien digne,
Nous laisserait encor chanter son Évoé !
Grâce, au nom de Bacchus ! grâce, au nom de Noé,
L'inventeur, mais aussi le martyr de la vigne !
Je t'en conjure à deux genoux,
Sauve le vin, et sauve-nous !

S'il faut quelque tribut encore à ta justice,
Prends-nous — nous en faisons, Seigneur, le sacrifice —
Tout ce que tu voudras, nos biens comme nos maux !
Prends-nous toute espèce de choses.
Prends-nous les champs, les prés, les jardins et les roses ;
Les arbres et les nids chantant dans les rameaux ;

Prends encor nos amours, nos espoirs, nos chimères;
Prends nos femmes, Seigneur! et prends nos belles-mères,
Qui pour nous sont déjà de bien pesants fardeaux!
Prends-nous nos vieux parents, nos oncles d'Amérique;
Seigneur, enlève-nous même la République,
Mais laisse-nous le vin, laisse-nous le Bordeaux!

LE VIN DE BOURGOGNE

Je ne sais plus quel sage — un juge,
Un poète, un prêtre, un bedeau —
A dit tout net, sans subterfuge :
Tous les méchants sont buveurs d'eau...
C'est bien prouvé par le déluge !

L'eau peut être parfois d'un usage excellent :
Elle sert à laver. Mais l'âme inoffensive
De l'honnête homme est propre ainsi qu'un linge blanc
Et n'a pas besoin de lessive...
Pour breuvage, il nous faut un breuvage plus franc !
L'honnête homme boit donc du cidre, de la bière,
Et principalement du vin.
Pour lui, le vin est la première
Des boissons, car il est un breuvage divin !

Mais parmi tous les vins du monde,
Celui qu'on salue à la ronde
Comme le plus vivace et le plus vigoureux,
Celui qui le mieux vous empoigne,
Le plus réconfortant et le plus généreux,
Vous l'avez tous nommé, c'est le vin de Bourgogne !

Plus d'anémie avec ce vin ! plus de langueur !
Ce vin-là dans le corps, c'est le sang dans les veines,
Le biceps dans les bras, la flamme dans le cœur ;
Il double les forces humaines !
Ce breuvage étonnant qui nous rend si gaillards,
C'est l'élixir de vie et le lait des vieillards ;
Pour donner la vigueur aux hommes, ce liquide
Est encor ce qu'on a trouvé de plus solide !

J'observe toutefois qu'on choisit mal l'instant,
Lorsque aux flacons chéris on donne l'accolade :
On ne boit le bon vin que lorsqu'on est malade...
Moi, je le bois, quand je suis bien portant.
Et c'est ainsi que font les sages !
Ils préviennent le mal. L'homme expérimenté
A l'ennemi futur ferme tous les passages...
Songez donc, braves gens, à votre sûreté !
Il faut entretenir sa petite santé.

Pour mieux détruire les microbes,
Noyez-les dans le vin ! Débouchez ces flacons ;

Sentez-moi leurs parfums, voyez leurs belles robes,
Et devenez comme eux joufflus et rubiconds!

Voyez ces bons vivants aux mines réjouies,
Ces faces bien épanouies,
Admirez ces garçons pansus,
Ces bedaines prodigieuses
Qui, dans leurs rondeurs si joyeuses,
Semblent vous inviter à leur taper dessus!

Les nobles possesseurs de ces mines prospères,
Ce ne sont pas des buveurs d'eau!
Imitez ces joyeux compères;
Et pour mieux porter le fardeau
De la vie, allons! sans vergogne
Buvez, messieurs! buvez ce vin réconfortant
Que les coteaux de la Bourgogne
Distillent aux rayons du soleil éclatant!

Buvez ce vin ardent comme la flamme,
Comme la pourpre et le rubis vermeil;
Dans le gosier, dans les veines, dans l'âme,
Faites à flots ruisseler le soleil!
Quel vin de choix! saveur délicieuse,
Bouquet exquis et couleur merveilleuse...
Voyez, sentez, goûtez ce vin divin!
Ne cherchons pas de buveurs en Pologne;

Français, buvons, célébrons le Bourgogne !
Et gloire à Dieu qui nous donna le vin !

Le Bourgogne est du reste un vin très-patriote :
Il donne l'héroïsme au soldat ; sa liqueur,
Comme du vif argent, dans les nerfs, dans le cœur,
Court, circule, frémit, et parfois rend vainqueur
Le poltron qu'elle ravigote !

Aussi les soldats orgueilleux
De ce bon vin sont fanatiques !
Ils adorent, autant que son goût merveilleux,
Ses qualités patriotiques !
Par Bacchus ! le Bourgogne est leur vin bien-aimé...
Et, comme ce nectar, leur amour est vivace !
C'est un amour profond : lorsqu'un régiment passe
Devant le Clos-Vougeot, ce clos si renommé,
Les soldats présentent les armes
Et les tambours battent aux champs,
Le colonel verse des larmes,
Les vieux grognards, charmés, n'ont plus leurs airs méchants !

Saluez donc, aussi, ce vin de flamme,
Buvez, messieurs, ce vin chaud et vermeil ;
Dans le gosier, dans les veines, dans l'âme,
Faites à flots ruisseler le soleil !
Quel vin de choix ! saveur délicieuse,

Bouquet exquis et saveur merveilleuse...
Voyez, sentez, goûtez ce jus divin !
Ne cherchons pas de buveurs en Pologne :
Buvons, amis, célébrons le Bourgogne,
Et gloire à Dieu qui nous donna le vin !

Ce vin enchanteur qui déride
Les vieux grognards, et qui sur ses jambes de bois
Ferait danser un invalide,
Ce vin fameux, ce vin de choix,
Réjouit les civils comme les militaires ;
Avec ce vin, qui rend farceurs jusqu'aux notaires,
On n'a plus à subir les mauvais caractères ;
Plus d'amertume ! plus d'aigreurs !
Le Bourgogne, qui sort des grappes purpurines,
Fait briller les plus sombres mines
Et, s'il arrosait leurs racines,
Rendrait gais les cyprès et les saules pleureurs !

Chambertin, Clos-Vougeot, Volney, Pomard, ou Beaune,
Il inspire la joie et la verve bouffonne
Aux esprits remués par son ardent levain ;
C'est lui qui nous fait rire et chanter à la ronde...
Comme Vénus sortit de l'onde,
La gaîté sort de ce bon vin !

Ce vin, qui nous fait tous fraterniser à table,
Nous rend, en l'égayant, l'humeur plus charitable ;

En arrosant les cœurs de sa franche gaîté,
Il fait fleurir en eux une plante divine,
La rose sans épine
Qu'on nomme la bonté!

Pour nous rendre charmants et doux, en conscience
Rien ne vaut une cave exquise, un bon buffet;
Quand l'estomac est satisfait,
Le cœur est plein de bienveillance!

L'homme est un animal meilleur qu'on ne le croit...
Bien que les gens grincheux critiquent à bon droit
La République détestable,
Je vous le dis en vérité :
Si l'on est sincère, équitable,
On croit à la Fraternité...
Surtout lorsque l'on est à table!

Tous les gouvernements savent très-bien d'ailleurs
Qu'ils ont dans le bon vin un grand auxiliaire,
Et le vin de Bourgogne est parmi les meilleurs!
Quoiqu'il soit très-ardent et d'une humeur guerrière,
Il ne pousse jamais aux révolutions ;
Il nous laisse toujours calmes, si nous le sommes ;
Il ne renverse pas les institutions,
Il ne renverse que les hommes.

O vous donc, mes amis, et toi, mon cher lecteur,
Saluez, acclamez ce vin conservateur!

Mais buvez-moi, surtout, ce vin de flamme,
Buvez, messieurs, ce vin chaud et vermeil!
Dans le gosier, dans les veines, dans l'âme,
Faites à flots ruisseler le soleil!
Quel vin de choix! saveur délicieuse,
Bouquet exquis et couleur merveilleuse...
Voyez, sentez, goûtez ce jus divin!
Ne cherchons pas de buveurs en Pologne...
Buvons, amis, célébrons le Bourgogne.
Et gloire à Dieu qui nous donna le vin!

LE VIN DE CHAMPAGNE

Les meilleurs vins sont les vins de la France;
Et parmi tous ces vins couronnés de succès,
Notre esprit vif, joyeux, léger en apparence,
Notre esprit pétillant donne la préférence
Au Champagne, car c'est le vin le plus français!

Le Bourgogne a du corps, du montant, de la sève;
Le Bordeaux est exquis, suave comme un rêve!
Pour ces rares vertus qu'il faut leur adjuger,
Ces deux grands vins n'ont pas de rival qui les vaille;
Mais ils ont le revers aussi de la médaille :
Le Bourgogne est trop fort, le Bordeaux trop léger.
L'un est le vin des âmes fières,
Des francs buveurs, des financiers,
Des colonels de cuirassiers,

Et des simples pékins aux allures guerrières ;
L'autre est le vin chéri des curés gros et gras,
Des sénateurs, des magistrats,
Et des vieilles douairières.

Mais le Champagne... ah ! c'est le vin des jeunes gens,
Des artistes et des poètes !
C'est l'amour dans les cœurs et l'éclair dans les têtes,
Ce sont les traits d'esprit ailés et voltigeants !
Oui, c'est le vin des jeunes gens,
Et de tous ceux qui sont jeunes malgré leur âge,
Dont l'automne ou l'hiver est encor le printemps,
Dont le front n'a pas de nuage,
Et dont l'âme a toujours vingt ans !

C'est une liqueur jeune et fière,
Gaillarde et cavalière,
Que ce vin sémillant !
Joyeux vin qui scintille,
Qui mousse, qui pétille,
Vin qui vous émoustille,
Et vous rend frétillant !

Sitôt qu'il apparaît, au dessert, sur la table,
On devient plus joyeux, on est plus excité ;
On sent qu'avec ce vin d'un jet incomparable,
Bien plus légère encor, va jaillir la gaîté !

Et la bouteille qu'on admire,
Brusquement, au milieu des francs éclats de rire
Et des propos malins,
Fait sauter son bouchon par-dessus les convives,
Comme une jeune fille au cœur chaud, aux mains vives,
Fait sauter son bonnet par-dessus les moulins !

Ce vin nous fait noyer nos chagrins dans les verres ;
Il déride, éclaircit, les fronts les plus sévères ;
Nous sourions à tout, tout sourit à nos yeux ;
On perd un peu la tête, et c'est délicieux !

Tout, devant nous, prend la couleur la plus brillante :
Car notre œil ébloui, notre esprit enivré,
Voit le monde à travers la liqueur pétillante
Du Champagne rose ou doré.

Nos femmes, grâce à lui, sont fidèles, aimantes ;
Les enfants sont mignons, sages, et pas menteurs ;
Les belles-mères sont charmantes;
Les grands parents — les vieux ! — ne sont pas radoteurs.
En attendant que la mort les délivre,
Il fait encore supporter
Les gens dont on doit hériter,
Et vraiment... on les laisse vivre !

Le Champagne produit les plus heureux effets.

Si les grands criminels, dont nous parle l'Histoire,
Avaient connu jadis ce vin si méritoire,
Ils n'auraient certes pas perpétré leurs forfaits!
Caïn, l'affreux Caïn, n'eût pas tué son frère,
Oreste sa maman, Philopator son père;
Le fier Sylla n'eut point voulu, pour triompher,
Écraser méchamment Marius sur sa route;
Et l'empereur Néron eut embrassé sans doute
Britannicus sans l'étouffer!

Les monstres d'aujourd'hui — les Impérialistes,
Les Cléricaux, les Royalistes —
Lorsqu'ils boivent ce vin bienfaisant et moral,
Ne sont plus acharnés contre la République!
Ils trouvent, au milieu de leur gaîté bachique,
Que ce gouvernement est assez libéral.
Ils confessent alors, ces gens atrabilaires,
Que ce régime-là ressemble à ses aînés,
Et que les tyrans populaires
Valent bien après tout les tyrans couronnés!

Lorsque le prolétaire ou le socialiste
Déguste par hasard ce vin sentimental,
Il se sent de l'amour pour le capitaliste,
Et surtout pour le capital!

Pour supprimer les anarchistes,

Les radicaux, les communistes,
Pour les *embourgeoiser*, le meilleur des moyens,
La politique la plus sûre,
Ce serait encor, je le jure,
De donner du Champagne à tous les citoyens!

Le Champagne est sans doute un vin d'aristocrate;
L'ouvrier toutefois en boirait aisément.
La nature du peuple est bien plus délicate
Qu'on ne le croit communément...
Ce brave peuple, on l'a calomnié vraiment!
Il aime comme nous, il aime énormément
Les bonnes et les belles choses,
Le Champagne et les vers, les truffes et les roses,
Les splendeurs du salon et l'ombre du boudoir,
Les valets, les flatteurs, et les coups d'encensoir.
Il adore le luxe et la magnificence;
Il aime, comme un roi, ceux qui lui font la cour;
Il voudrait les honneurs, l'argent et la puissance;
Il voudrait dominer et jouir à son tour.
Et c'est pour conquérir cette suprématie
Qu'il fait encor la guerre à la Réaction,
Car la démocratie est l'aspiration
Du peuple... à l'aristocratie.
Désaltérer sa soif et son ambition
D'une manière impartiale,
C'est l'idéal rêvé, c'est la solution
De la question sociale.

Le Champagne accomplit ce miracle étonnant!
Il produit un effet encor plus surprenant :

Un pareil vin, on le devine,
Est une œuvre, non pas humaine, mais divine;
Et, mieux que par les lois qu'ont jamais pu trouver
Les philosophes d'Allemagne,
Tout naturellement on arrive à prouver
L'existence de Dieu par le vin de Champagne!
Quand ce vin doctoral a le don d'enivrer
Le brave buveur, son disciple,
Il agrandit sa vue, il la double, il la triple!
Il aide même à pénétrer
Dans les champs de l'azur et dans les saintes zones;
Et —comme il nous fait voir alors plusieurs personnes
En une seule — en vérité,
Ce vin magique et salutaire
Nous fait comprendre le mystère
De la Très Sainte-Trinité!

On le voit, le vin de Champagne,
Ce vin joyeux et triomphant,
En délectant le goût; délecte encore et gagne
Les esprits et les cœurs; il protége, il défend,
Et d'une façon magistrale,
La Religion, la Morale,
Le Pouvoir, la Famille et la Propriété...
Et ces choses-là — comme

Dirait monsieur Prudhomme —
Ce sont les fondements de la société!

L'étranger, comme nous, aime ce vin d'élite;
On fait partout mousser ce vin original,
Et c'est réellement un vin cosmopolite
Que notre vin national!
Il va du Nord au Sud, du Couchant à l'Aurore,
Dans les pays les plus divers!
Il a fait en vainqueur le tour de l'univers,
Comme le drapeau tricolore.
Marchant de succès en succès,
La Gloire partout l'accompagne...
Ah! l'on est fier d'être Français
Lorsqu'on boit du vin de Champagne!

Si par malheur, un jour, l'étranger, l'Allemand,
Envahit de nouveau le sol de la Patrie,
C'est sur notre Champagne enviée et chérie
Qu'il s'abattra brutalement;
Il voudra conquérir, selon toute apparence,
Ses crus fameux; car, avec l'or,
Le vin de Champagne est encor
Ce qu'il aime le plus en France...
Ah! s'il revient, fais ton devoir, ô vin français!
Grise, enivre, étourdis ces buveurs exotiques!
O bouteilles patriotiques,
Livrez-vous à tous leurs excès;

Provoquez, déchaînez leurs passions mauvaises,
Allez! tombez-leur dans les mains,
Et soyez les Judith françaises
De ces Holopherne germains!

O braves et nobles guerrières,
Portant la robe d'or et le casque d'argent,
Combattez avec nous ! lorsque leurs mains grossières
Vous saisiront, avec un sourire indulgent
Cédez-leur; mais rendez blessure pour blessure...
Que leurs baisers maudits soient pour vous des soufflets!
Lancez-leur comme des boulets
Tous vos bouchons à la figure!
Éclatez bruyamment, et versez de bon cœur,
Oui, versez, répandez toute votre liqueur :
Dans des flots de vin de Champagne
Noyez tous ces fils d'Allemagne,
Saxons, Bavarois, Prussiens,
De même qu'au temps de Moïse,
Quand les Hébreux marchaient vers la Terre Promise,
La mer Rouge noya tous les Égyptiens!

Avec un tel secours, notre armée aguerrie
A coup sûr cueillera les lauriers du succès;
Et toi, vin de Champagne, ô vin vraiment français!
Tu pourras dire alors : J'ai sauvé la Patrie!

ANDRÉ CHÉNIER

Du golfe de Byzance où Galata se mire
Voyez-vous s'éloigner ce gracieux navire,
Si coquet, si léger qu'on dirait un berceau,
Ouvrant sa voile au vent comme une aile d'oiseau?
Le pavillon français flotte à son mât. L'aurore
Se lève à l'horizon et rougit l'Orient,
L'air est calme, et la mer est plus tranquille encore,
Tout dans l'immensité semble frais et riant.
Le soleil dans le ciel, le navire sur l'onde,
S'avancent tous les deux dans leur route d'azur;
Aux chants du nautonnier s'élevant dans l'air pur
L'Océan joint sa voix caressante et profonde.
Car ce gai nautonnier, il chante! et ses concerts
Éveillent les échos de la nature immense:
Les vagues, les oiseaux murmurent en cadence
L'Idylle des forêts, des rochers, des prés verts;

L'haleine du Zéphir soupire l'Élégie;
Et tels sont de ces chants le charme et la magie
Que les Muses en chœur semblent avec amour
Escorter le navire et danser à l'entour!
Le soleil radieux dans le ciel monte encore,
Il arrive au Zénith : le jour va resplendir
De ce *brillant midi qu'annonçait son aurore...*
Mais bientôt un bruit sourd et qui semble grandir
Se mêle au bruissement de la vague marine;
Là-bas, à l'horizon, un point noir se dessine;
Puis des nuages lourds, de plus en plus nombreux,
Envahissent le ciel, et la nue étincelle;
Le vent souffle plus fort, les albatros peureux
S'envolent en rasant les lames de leur aile :
C'est l'orage! il approche, il soulève les flots,
Le ciel est devenu tout noir, les vents mugissent,
Le tonnerre effrayant roule, les flots rugissent,
On n'entend plus la voix des pauvres matelots.
Contre l'affreuse mer qui bondit et qui gronde
Le vaisseau lutte en vain; et, soudain terrassé,
Il s'entr'ouvre en craquant et disparaît sous l'onde...
Mais à peine s'est-il dans le gouffre enfoncé
Que l'orage finit et que les vents se taisent;
L'air redevient limpide et les lames s'apaisent,
Le soleil reparaît, les nuages s'en vont,
Et bientôt au-dessus de l'abîme profond
Qui couvre le vaisseau, la vague indifférente
Recommence à rouler unie et transparente!

Ainsi sur cette mer populaire où sombra
Le vaisseau qui portait Chénier et sa fortune,
Ce fut au dernier coup de vent qu'il chavira;
Et la vague, qui vint ensuite sur la dune
Se briser impuissante, avait déjà couvert
Le vaisseau naufragé de son grand linceul vert!

O chantre harmonieux, toi que la Muse antique
Inspire dans tes vers si purs et si touchants,
Honneur à toi, Chénier! la Grèce poétique
Se réveille à ta voix et revit dans tes chants:
La Grèce avec ses dieux, ses pasteurs, ses bergères,
Ses héros, ses Amours et ses Nymphes légères...
C'est Chloé, c'est Chromis, la fille de Lycus;
C'est Arcas, Palémon; c'est Hercule, Bacchus;
C'est Hylas poursuivi par la blonde naïade
Qui l'entraîne bientôt dans son riant séjour;
C'est Homère à Sicos; c'est le Jeune Malade
Dont la vie est soumise au pouvoir de l'Amour;
C'est la belle Myrto, la jeune Tarentine,
Que l'hymen n'attend plus *sous la vague marine;*
C'est la pauvre Néère, à son dernier moment,
Adressant ses adieux plaintifs à son amant!

Les Grecs et les Latins, Théocrite et Virgile,

Guident tes pas errants dans les champs de l'Idylle ;
Et lorsque dans nos cœurs tu réveilles l'écho
De l'antique Élégie à la voix amoureuse,
Tu mêles dans tes vers la grâce langoureuse
De Tibulle à la flamme ardente de Sapho.

L'exemple des anciens t'inspire et te gouverne.
Ton génie à la fois est antique et moderne ;
Les vastes horizons s'ouvrent pour toi, tu sais
Cueillir toutes les fleurs nouvellement écloses,
Tu chantes la Nature et ses métamorphoses :
Buffon salue en toi le Lucrèce français !
Ah ! ton Hermès, c'était ta *plus belle espérance !*
C'était dix ans d'étude et *de persévérance*,
Ce poème qu'hélas ! tu n'as pu terminer...
Et c'est pourtant celui qui devait te donner
Le plus grand, le seul prix de tes travaux : la gloire !
La gloire ?... mais d'avance elle avait apporté
La couronne à ton front, et déjà ta mémoire
S'élançait en chantant vers l'immortalité !

Oui, les lauriers du Pinde ornaient déjà ta tête :
Tout jeune encor, ton cœur t'avait créé poète ;
Ton cœur, c'est ton génie, et ta Muse est l'Amour...
O merveilleux pouvoir d'une femme adorée !
Lorsque ton vers, qui pleure et sourit tour à tour,
Traduit ta passion sur ta lyre inspirée,
L'instrument sous tes doigts fait retentir en chœur

Toutes les voix de l'âme; il gémit, il soupire,
Il aime, il est vivant : les cordes de ta lyre
Se confondent avec les fibres de ton cœur!
Ah! comme nous aimons et maudissons Camille,
Camille, tour à tour ta joie et ton tourment!
L'œuvre de ton bonheur lui serait si facile!
Que veux-tu donc? un peu de pitié seulement!
Pourquoi Dieu la fit-il si perfide et si belle?
Lassé de ses mépris, tu quittes l'infidèle.
Au milieu des festins, le sourire moqueur
Est sur tes lèvres, mais dans le fond de ton âme
La blessure est en feu : ton amour, c'est la flamme,
Le fer rouge qui brûle et déchire ton cœur!

Mais ton cœur était fait pour aimer, ô poète!
Que l'amour inconstant t'accueille ou te rejette,
Ta nature a besoin, a soif d'affection :
Il te faut des amis! Quand tu perds ta maîtresse,
C'est vers eux que tu cours, et ton âme en détresse
Trouve dans l'amitié sa consolation.

C'est à ces bons amis, à tes blondes maîtresses,
Que tes vers, ô Chénier, sont dédiés toujours.
Ta Muse fière aux grands ne vend pas ses caresses,
Tu ne vas point flatter et ramper dans les Cours.
Tu crois payer trop cher les honneurs, la richesse,
S'il faut les obtenir au prix de ta fierté;
Plutôt que t'élever ainsi par la bassesse,

Tu préfères l'honnête et libre pauvreté.
Souvent tu fuis au fond de quelque solitude
L'aspect de la misère et de la servitude
Dont ton pauvre pays partout blesse tes yeux.
Montigny t'offre alors un refuge, ô poète!
Tu respires enfin une atmosphère honnête
Dans le calme des champs, sous la splendeur des cieux!
Le cœur de tes amis t'accueille en cet asile;
Là tu trouves, avec la fraîcheur de l'Idylle,
Le ciel bleu, les grands bois, les fleurs et le gazon.
Tu vis libre et content sous ce toit tutélaire,
Et puis tu n'entends pas l'orage populaire
Qui commence à gronder là-bas, à l'horizon.
Ah! ne viens pas troubler ce doux calme, ô tempête!
Et vous, n'enviez pas le bonheur du poète,
Patriotes ardents! Voyez, il est heureux;
Il a réalisé les rêves de sa vie,
Il a tout ce qu'il aime, et sa Muse ravie
Célèbre chaque jour dans ses vers généreux
L'Amitié, le ciel pur, qui rassérènent l'âme,
Les zéphyrs, les oiseaux, qui murmurent en chœur,
Le soleil du printemps et l'amour de la femme
Qui réchauffent le corps et raniment le cœur!

Ah! quels doux souvenirs évoque sa mémoire,
Doux souvenirs d'amour, de bonheur et de gloire!
O poète, voici le pays souriant

Où tu naquis *français dans la Thrace, ta mère,*
Berceau qu'illumina le soleil d'Orient
Et sur lequel plana l'ombre du grand Homère; —
Voici le beau pays où tu vécus enfant,
Où, sur les bords de l'Aude, au milieu des prairies,
Tu promenais parfois tes jeunes rêveries; —
Le collége où Sapho sur ton front triomphant
Posa le laurier vert, le laurier du poète; —
Strasbourg où t'entraîna l'ambition secrète
De la gloire, ce rêve ardent des nobles cœurs; —
La Suisse où les grands monts font retentir les chœurs
Des montagnards chantant leur vie humble, mais libre; —
L'Angleterre où bientôt ton cœur s'indigne et vibre
D'un généreux courroux contre l'orgueil anglais; —
Voici Versaille, avec ses jardins, son palais,
Où, dans la solitude et la douleur, ton âme
Renaît et se réchauffe à l'amour d'une femme; —
Voici *sur un coteau ceint de bois et de prés*
L'humble toit où déjà, Chénier, tu te proposes
D'aller vivre au milieu des amis et des roses,
Voilà le doux pays de tes rêves dorés...
Et voici l'Échafaud! — L'échafaud, ô poète?
Oui, la machine rouge a vu tomber ta tête,
Et ton bourreau, ce fut la Révolution!
Ah! ce crime a souillé doublement son histoire:
C'est que du même coup, par l'infâme action,
Elle décapita ton génie et ta gloire!
Tu célébras pourtant la France au front serein

Revendiquant ses droits de sa voix calme et fière,
La Liberté sortant de la Bastille altière,
Les tyrans abattus, le peuple souverain,
Le pays élisant ses maîtres légitimes,
Les roturiers auxquels la France dut ses lois,
Ces fiers législateurs, ces parvenus sublimes,
Qui grandirent le peuple à la hauteur des rois !

Oui, mais tu poursuivis de tes saintes colères
        Les tribuns ennemis des lois,
Le club des Jacobins, les tyrans populaires,
        Robespierre et Collot d'Herbois !
Et puis tu défendis les vaincus... c'est un crime !
        Tu voulus épargner le roi ;
Tu célébras Corday, cette vierge sublime,
        Digne de Brutus et de toi !
Jamais des intrigants tu ne fus le complice ;
        Superbe, sans cesse en éveil,
Ta raison s'éleva toujours vers la Justice
        Comme l'aigle vers le soleil !
Tu planais au-dessus des partis, ô poète !
        Ou plutôt tu ne connaissais
Qu'un seul parti : la France ! Aussi ta voix honnête
        Tonna contre tous les excès.
Ainsi tu combattis dans ton patriotisme
        La Commune comme le roi ;
Tu ne voulus jamais servir qu'un despotisme :
        Le despotisme de la Loi.

Tes écrits étaient tous des actes de courage,
Tu les signais avec fierté :
Attaquant au milieu des hurlements de rage
Les traîtres de la Liberté ;
Prévoyant bien qu'un jour tu serais leur victime;
Menacé, jamais abattu ;
Et sans cesse opposant à l'audace du crime
Le courage de la vertu;
Soulevant contre toi cette tourbe homicide
Qui faisait peur même à Danton,
Et qui dans un accès de sa rage stupide
Eût guillotiné Washington !

Ah ! dans ces jours maudits, que de têtes augustes
Coupa la Révolution !
Envers elle pourtant ne soyons pas injustes
Dans notre malédiction :
Purs, nous avons reçu de sa main sanguinaire
Le fruit de son labeur ingrat;
Les chefs eurent la foi révolutionnaire,
Tous ne furent point des Marat.
Du reste la plupart ont payé de leur tête
Leurs crimes... ou leur dévouement;
La soif de l'échafaud ne fut pas satisfaite
Par Louis seize seulement...
Que d'autres ont suivi la royale victime
Sous le terrible couperet !
Faut-il donc qu'en tombant sur la plus haute cime

La foudre embrase la forêt?
O tribunal de sang! Échafaud! Saint-Lazare!
Qu'est-ce donc que la Liberté?
Le peuple souverain doit-il donc être avare
De justice et d'humanité?
Ah! certes, si Chénier, ce patriote austère,
En ces temps affreux eût pensé
Que le sang de son corps pût féconder la terre,
Avec joie il l'aurait versé!
Voyez dans sa prison le malheureux poète :
Il ne redoute pas la mort;
Mais il voudrait au moins lui disputer sa tête
Pour tenter un dernier effort.
Il voudrait vivre enfin pour saisir votre foudre,
Vertu, Justice, Vérité!
Pour lancer le tonnerre et pour réduire en poudre
Les bourreaux de la Liberté!
Les iambes ardents résonnent sur sa lyre,
S'échappant en notes de feu;
Puis — quand la jeune vierge au triste et doux sourire,
A la voix touchante, à l'œil bleu,
Paraît à ses regards — sur sa lyre plaintive
Retrouvant l'Élégie en pleurs,
Il chante les regrets de la jeune captive
Qui veut vivre autant que les fleurs!

Ainsi dans ta prison tu chantes, ô poète!

Te demandant à tout moment
Si le *noir pourvoyeur* qui vient chercher ta tête
Ne fera pas soudainement
Retentir de ton nom ces corridors immenses,
Et si, sur le seuil du trépas,
Tu pourras achever ce vers que tu commences...
Non, tu ne l'achèveras pas!

Le tribunal de sang a rendu la sentence :
Tu marches à la mort! Au monde, à l'existence,
Depuis longtemps déjà, ton âme a dit adieu;
La Muse, en ce moment, te rapproche de Dieu.
Pour toi l'affreux supplice est une apothéose!
D'un nuage pourtant ton front est attristé;
Tu dis : « Jen'ai rien fait pour la postérité,
Hélas! et cependant j'avais là quelque chose! »
Mais ton front tout à coup s'éclaire : tu pressens,
Chénier, que tes beaux vers seront assez puissants
Pour vaincre, un jour, l'oubli de ta patrie ingrate;
Et tu vas à la mort, joyeux!... Comme Socrate
Poursuivant son discours d'un air calme et serein
En prenant le poison dans la coupe d'airain,
Toi, poète inspiré, devant la guillotine
Tu dis, avec Roucher, les beaux vers de Racine!
Ton regard resplendit d'un feu presque divin.
Autour de l'échafaud la foule hurle en vain,

Ta voix ne s'interrompt que quand tombe ta tête !
O Chénier ! tu vécus et tu meurs en poète !
Mais sois heureux, toi qui dans ce temps agité
Mourus en confiant à l'avenir ta gloire :
La Muse à l'échafaud a ravi ta mémoire,
L'avenir t'a rendu ton immortalité !

LAMARTINE

Au-dessus de la terre, au-dessus des nuages,
Plus haut, plus haut encor, toujours plus près des cieux,
Comme l'aigle volant vers les célestes plages,
Le poète s'élève et plane radieux!
Il lui faut les hauteurs, et l'air pur, et l'espace!
Lorsque son âme enfin respire en liberté,
Il abaisse les yeux, et son regard embrasse
La Nature et l'Humanité.

Ce poète, c'est toi, Lamartine! ton âme
S'élance dans les airs sur des ailes de flamme;
Et, dans ces régions du vaste firmament
Où le rêve s'envole et plane solitaire,
Ton génie inspiré joint le ciel et la terre
Dans son immense embrassement!

Ce besoin d'infini qui tourmente les hommes,
Nos aspirations, nos élans vers les cieux,
Nos efforts pour monter de la terre où nous sommes
Vers ce monde idéal qui flotte loin des yeux,
La soif de l'inconnu qui dévore nos âmes,
Notre ardeur à chercher la loi de l'univers,
Tous ces tourments, tous ces désirs, toutes ces flammes,
Brûlent, débordent dans tes vers !

Tu pénètres le sens de l'énigme du monde :
Dieu t'apparaît partout ! La nature féconde
Te montre sa puissance et te peint sa bonté ;
Tu vois dans l'ouragan sa colère qui passe,
Dans le jour sa splendeur, sa grandeur dans l'espace,
Son âge dans l'éternité.

Pour toi donc l'univers est un immense emblème ;
Et, quand pour y voir Dieu tes efforts seraient vains,
Ce Dieu, tu le verrais mieux encore en toi-même,
Car l'âme réfléchit ses attributs divins.
Oui, Lamartine, l'homme est la vivante image
De l'Être tout-puissant ; c'est dans l'Humanité
Qu'avec le plus d'éclat, sans ombre, sans nuage,
Resplendit la Divinité !

L'homme, ce corps chétif, cet amas de poussière,
Tu nous le montres roi de la nature entière,
Vivant par la pensée en tout temps, en tout lieu,

Ayant — couronne auguste et divin caractère —
Le génie à son front pour dominer la terre,
La vertu dans son cœur pour monter jusqu'à Dieu !

Pourtant — lorsque ton âme ardente de poète,
Avide d'infini, mais jamais satisfaite,
Monte toujours plus haut dans son rêve exalté,
Lorsque pour son désir fougueux, illimité,
Le firmament n'a pas d'assez vive lumière,
Le temps d'assez longue carrière,
L'espace assez d'immensité —

Ce n'est pas seulement l'Inconnu qui l'attire
Et qui la fait rêver du céleste séjour ;
Ce qui l'exalte encore, et l'embrase, et l'inspire,
C'est ce grand sentiment, le plus humain : l'Amour !
L'Amour, lui qui pour nous met le ciel sur la terre,
Lui qui de volupté nous inonde le cœur,
Et nous fait concevoir l'idéal, le mystère
De l'infini dans le bonheur !

Aussi de tous les biens passagers de la vie,
Aucun ne vaut pour toi ce trésor de l'amour !
Puissance, honneurs, plaisirs que le vulgaire envie,
Hautes ambitions qui s'écroulent un jour,
Rien de cela ne vaut cette union intime
De deux âmes qui n'en font qu'une, l'entretien

Des propos à voix basse, et l'extase sublime
D'un cœur qui bat contre le tien!

Non, pas même la gloire accordée au génie,
La gloire avec l'espoir de l'immortalité,
Ne vaut ces courts moments d'une joie infinie
Qui valent tout un siècle en leur rapidité,
Ces moments d'amoureuse et douce nonchalance
Où, la main dans la main, les yeux à demi-clos,
On vogue sur un lac mollement, en silence,
Au gré des vents, au gré des flots!

Et puis, pour toi, l'amour est une sainte chose :
Il t'a rendu meilleur et t'a fait croire en Dieu!
Dans ce temps où l'orgueil de ta jeunesse éclose
A tes illusions d'enfant disait adieu,
Quand les plaisirs grossiers et l'ironie amère
Avec leur souffle impur et leur rire moqueur
Éteignaient le foyer de vertus que ta mère
Avait allumé dans ton cœur,

L'amour fut le flambeau qui ranima sa flamme ;
Elvire te rendit l'espoir, la piété,
Et tu sentis en toi l'inocence de l'âme
Renaître au pur contact de sa virginité ;
Aux genoux d'une femme aussi belle, aussi pure,
Ton amour, recherchant quel en était l'auteur,

Comprit Dieu par cet ange, et dans la créature
Il adora le Créateur!

Quand vous alliez tous deux errer dans la montagne,
Quand des plus hauts sommets vos yeux en liberté
Voyaient au pied des monts s'étendre la campagne
Et dans les airs l'immensité,
Devant cette puissante et superbe nature,
En face des splendeurs de la création,
Vos âmes, dans l'espace errant à l'aventure,
Frémissaient d'admiration!
Ces grands monts, ces hauteurs, ces neiges éternelles,
Et ce vieil univers sans cesse rajeuni,
Le temps, l'espace, tout faisait grandir en elles
Le sentiment de l'infini.

Poursuivant dans les airs leur course vagabonde,
Se trouvant à l'étroit dans cette immensité,
Elles voulaient franchir les limites du monde
Et voler au séjour de l'immortalité;
Elles auraient bondi dans le ciel, *éperdues*,
Si Dieu vous eût *frappés d'un trait libérateur*,
Et se seraient alors *pour jamais confondues*
Dans le sein de leur Créateur!

O poète inspiré! Quand la foule en délire
Piétinait l'idéal sous son talon vainqueur,

Ce fut en ce moment qu'aux accents de ta lyre
Ton génie exprima les élans de ton cœur.
Lorsque le mal du siècle exerçait ses ravages,
Quand tu voyais le ciel se voiler de nuages,
Quand les instincts grossiers rampaient autour de toi,
Ton âme, s'arrachant à ce contact funeste,
Trouva pour s'élancer vers la voûte céleste
Les ailes de l'amour et celles de la foi !

Ton inspiration, dans son essor rapide,
Traversa le désert de l'incrédulité
Où le mépris du monde et l'égoïsme aride
Soufflaient leur sécheresse et leur stérilité ;
Ton génie y jeta sa féconde semence ;
Aussi le genre humain, dans la carrière immense
Que le destin lui fait parcourir chaque jour,
Traversant ce désert d'égoïsme et de doute,
Trouva, pour prendre haleine et poursuivre sa route,
Cette fraîche oasis de croyance et d'amour !

Il fut des jours pourtant où ton âme croyante
Vit sa foi, cette foi si forte et si vaillante,
Faibir et chanceler sous les coups du malheur !
Le doute t'envahit, et tu maudis Dieu même !
Mais ce cri de révolte insensé, ce blasphème,
C'était le cri de la douleur !

Ah ! c'est qu'autour de toi la mort impitoyable
Frappait incessamment dans sa rage effroyable
Les êtres adorés qui faisaient ton bonheur!
Tu t'insurgeais alors contre la loi terrible
De ce Dieu qui semblait prendre un plaisir horrible
Aux déchirements de ton cœur !

Mais tu perdais bientôt la force de maudire ;
Souvent, dans le plus vif accès de ton délire,
Lorsque ton désespoir montrait le poing au ciel,
Tu sentais dans ton cœur le repentir descendre,
Et tu courbais le front sans chercher à surprendre
Le secret providentiel :

Devant le crucifix où la bouche d'Elvire
Avait laissé tomber *l'irrévocable adieu*,
Ton âme de chrétien, acceptant son martyre,
Retrouvait l'espérance en Dieu !
Et quand ta pauvre enfant mourait à son aurore,
Étouffant dans ton sein le cri qui s'échappait,
Auprès de son cercueil tu bénissais encore
Le Dieu cruel qui te frappait!

Ton cœur, tout embrasé d'une foi débordante,
Était comme la torche ardente
Du frère de Graziella
Qu'en pleine mer le vent en fureur et la lame
Secouaient sans pouvoir en éteindre la flamme :

Dans les tempêtes de ton âme
La foi toujours étincela!

Heureux ceux dont la foi brille comme la tienne!
Ceux qui dans l'infortune ont cette âme chrétienne,
Ce flambeau providentiel!
En vain la torche éblouissante
Sous le vent du malheur se courbe frémissante,
La flamme se redresse et monte vers le ciel!

L'amour humain en lutte avec l'amour céleste,
Ces orages du cœur, t'inspirent Jocelyn :
Le jeune prêtre sent sa passion funeste
Déborder de son cœur trop plein...
Mais la vertu l'arrache au pied de son idole,
Dieu dans l'airain sacré fait entendre sa voix,
Et, martyr du devoir, le jeune prêtre immole
Son amour aux pieds de la croix!

Tu célèbres partout dans tes œuvres sublimes
Le devoir, la vertu, les nobles passions;
Ta Muse, avec orgueil, évoque les victimes
Des mâles inspirations!
Ici, levant la main vers la voûte éternelle,
Socrate, sans regret, meurt pour la Vérité;
Là Child-Harold, soldat d'une cause aussi belle,
Lutte et meurt pour la Liberté!

On sent dans tes héros le souffle qui t'anime,
Car tu vis dans ton œuvre! A cette œuvre sublime
Ton être tout entier se donne incessamment :
L'âme donne l'essor des ailes palpitantes,
L'imagination les couleurs éclatantes,
Le cœur donne le sentiment.

Si tes écrits sont beaux, c'est que ton âme est belle!
La poésie en est le souffle, le parfum;
Tu reçus le baiser de la Muse immortelle;
Et, chez toi, le poète et l'homme ne font qu'un.
Poèmes, éloquence, histoire, fantaisie,
Pensée et sentiment, actions et discours,
Tout ce qui vient de toi, grand homme, est poésie;
Le poète est partout et rayonnne toujours!

Tu l'es même au milieu des luttes politiques :
Au-dessus des partis élevant ton drapeau,
Le cœur tout frémissant de vœux patriotiques,
Tu combats pour le vrai, pour le grand, pour le beau!
Les esprits positifs, ceux qu'on nomme les sages,
Dédaignent les hauteurs où tu t'épanouis...
Ils disent : « le poète? il est dans les nuages!»
Soit: il en descendra pour sauver son pays!

Écoutez les rumeurs de la guerre civile...
Le peuple des faubourgs s'avance en rugissant;

Voyez, il envahit déjà l'Hôtel-de-Ville !
L'Émeute agite en l'air son drapeau menaçant!
Une foule en haillons, s'excitant elle-même,
Hurle ses volontés dans ses cris de fureur ;
Elle veut imposer le drapeau rouge, emblème
De son idéal : la Terreur!

Ce qu'elle veut ainsi sans détour, sans mystère,
C'est le renversement de la société,
Le partage des biens, le pauvre prolétaire
Volant le riche au nom de la Fraternité ;
C'est la foule au pouvoir, le tyran anonyme
Qui proscrit, emprisonne, et tue aveuglément ;
C'est la force pour loi, l'audace pour maxime,
Et l'échafaud pour instrument !

C'en est fait, la Patrie est au bord de l'abîme!
Elle est près d'y tomber... Qui vole à son secours?
O poète, c'est toi ! citoyen magnanime,
Tu vas sauver la France au péril de tes jours !
Pour sauver son pays d'une chute prochaine,
Curtius autrefois, en héros, en martyr,
Se jeta dans le gouffre où la grandeur romaine
Allait à jamais s'engloutir !

O France ! ô mon pays ! regarde ton poète
Au milieu de la foule en fureur, l'arme au poing !
Les sabres qu'on agite au-dessus de sa tête,

Les cris, les coups de feu, ne l'intimident point.
Quand l'insurrection crie : « A mort, Lamartine ! »
Lorsqu'il voit les fusils braqués sur sa poitrine,
C'est à coups d'éloquence et de raisonnements
Qu'il combat cette foule et fait tomber ses armes ;
Et la foule s'apaise, applaudit, fond en larmes,
Étouffant l'orateur dans ses embrassements !

C'est ainsi qu'il résiste à toutes les colères...
Nouvel Orphée, au sein de l'émeute en courroux,
Il dompte avec la voix les lions populaires,
Et leur férocité se couche à ses genoux.

Pendant trois jours sans cesse il descend dans la lice ;
Et là, risquant sa vie et redoublant d'efforts,
Il recommence, à chaque instant, son sacrifice,
Et fait à la patrie un rempart de son corps !

Enfin, vaincue après cette lutte acharnée,
La Révolution recule consternée,
Emportant dans ses bras l'étendard odieux ;
Et, dans l'air qui frémit des cris de délivrance,
Le drapeau tricolore au-dessus de la France
Fait flotter ses plis glorieux !

Lamartine, sois fier de ton œuvre féconde,

De ta gloire qui brille à nos yeux éblouis :
Poète, tes accents ont enchanté le monde,
Citoyen, ton courage a sauvé ton pays!

Et cependant bientôt cette gloire éclatante
S'éclipse, et ton grand nom s'efface dans l'oubli!
La faveur populaire, hélas! est inconstante....
Ton règne est terminé, car ton astre a pâli!

On te laisse dans l'ombre et dans la solitude...
Surtout ne te plains pas! tu semas le bienfait,
Tu récoltes l'ingratitude :
La cause a produit son effet!

Tu devras tout souffrir, noble et triste victime!
On te reprochera même ta pauvreté,
Ta fortune engloutie en un profond abîme,
L'abîme de ta charité!

Mais c'est en vain sur toi qu'on versera l'outrage,
Poète! le malheur essaiera vainement
De flétrir ta vieillesse et d'user ton courage:
Au sein de la ruine et de l'isolement

Tu garderas toujours l'âme vaillante et pure,
Comme le fier laurier au plus fort de l'hiver,
Dans le dépouillement de toute la nature,
Conserve son feuillage vert!

Si tes contemporains ont méconnu ta gloire,
Nous te vengerons, nous! et la postérité
D'âge en âge fera resplendir ta mémoire
Dans le rayonnement de l'immortalité!

Tu nous apparaîtras dans ta gloire bénie
Souriant et le front ceint du laurier vainqueur,
Réunissant en toi la grandeur du génie,
La noblesse de l'âme et la bonté du cœur.

Pour que l'humanité d'elle-même soit fière,
Lorsque le Réalisme est fêté comme un roi,
Au milieu des laideurs d'une époque grossière
Tu vivras incarnant la poésie en toi.

Tu garderas toujours ton divin caractère,
Tu représenteras l'Idéal radieux,
Les pieds appuyés sur la terre
Mais le front levé vers les cieux

ROSSINI

Il est nuit; le passant erre silencieux,
Rêveur; comme le ciel son âme est triste et sombre.
Soudain des sons harmonieux
Frappent son oreille dans l'ombre :
« D'où viennent, se dit-il, ces sublimes concerts
Qui chassent les pensers funestes?
Il semble qu'on entend retentir dans les airs
Les accents des esprits célestes!
Est-ce là le chœur des houris
Soupirant leurs chants favoris,
Aussi délicieux qu'étranges?
Ou bien est-ce le chœur des anges
Qui, sur des nuages dorés,
Élèvent jusqu'à Dieu leurs cantiques sacrés? »

Non, ces chants ne sont pas du céleste royaume;
Ce sont des chants humains! C'est un homme — un grand homme —
Rossini, qui les a composés! Rossini,
Ce puissant maëstro, cet artiste béni,
    Dont l'inspiration féconde
A flots harmonieux répandait sur le monde
    Cette musique qui charmait...
    Pure et magnifique harmonie
    Que cet homme, avec son génie,
    D'un souffle divin animait!
    Tout jeune, errant à l'aventure
Dans les champs, au grand air, rêveur, il écoutait
    Les mille voix de la nature,
    Et sa mémoire les notait.
    Il épiait dans la campagne
Tous ces vagues accords qu'exhalent à la fois
Les plaines, les vallons, les guérets et les bois,
    Avec l'écho de la montagne.
    C'étaient les cloches des troupeaux,
    Le frémissement du feuillage,
    Les airs joués sur les pipeaux,
    Les rondes folles du village,
    Le doux murmure des ruisseaux,
    Et la chanson joyeuse et franche
    Qui sautille avec les oiseaux
    Sur les chênes, de branche en branche;
    C'était le souffle du zéphyr
    Fendant l'air dans son vol rapide

Et glissant sur l'onde limpide
Sans rider, en passant, sa nappe de saphir ;
Puis le mugissement horrible
Du vent qui soulève les flots,
Et l'accompagnement terrible
Du tonnerre couvrant les cris des matelots.

Dans ses courses capricieuses,
Fécondes en émotions,
Il écoutait aussi ces voix mystérieuses
Qui soufflent aux âmes pieuses
Les graves méditations :
C'étaient dans les temples gothiques
Les cloches, l'orgue et les cantiques
Où l'âme éclate en saints transports ;
Dans les cloîtres, les catacombes,
C'était le grondement qui s'échappe des tombes,
Cette hymne éternelle des morts !

Il écoutait enfin et recueillait en masse
Tous les bourdonnements, tous les bruits de l'espace :
C'est ainsi qu'en notant ces mille accents divers,
Langage par lequel la nature s'exprime,
Il dérobait, voleur sublime,
Son harmonie à l'univers !

Mais il manquait encore l'âme
A tous ces terrestres accords ;

Cette musique inerte était comme les corps
Privés de la céleste flamme.
C'est alors qu'il fouillait dans son cœur inspiré,
Et son cœur animait soudain cette harmonie
En lui donnant le feu sacré,
L'étincelle de son génie.
Car c'est l'âme, le cœur, qui vibre dans ses chants;
Qu'ils soient tristes ou gais, terribles ou touchants,
C'est son âme partout qui palpite et respire;
La joie et la douleur, la colère et l'amour,
Toutes les passions l'agitent tour à tour;
Elle sourit et pleure, elle gronde et soupire.
Que par ses doux accords ou son accent vainqueur
Son inspiration nous charme ou nous enflamme,
Cette inspiration a passé par son âme,
Sa musique est toujours la musique du cœur.

Gloire au musicien qui chanta Desdémone!
Il est le chantre de l'amour.
L'amour en mille accents sur sa lyre résonne,
Dans son œuvre tragique et son œuvre bouffonne
Il rit et pleure tour à tour.
Almaviva séduit avec sa voix câline
La pupille de Bartholo;
Et, quand l'amour naissant fait gazouiller Rosine,
L'amour désespéré fait rugir Othello!

Écoutez : *des tyrans qu'a vomis l'Allemagne*

Le cor sonne dans la montagne!
Guillaume Tell appelle aux armes ses amis :
« Mes frères, le repos honteux n'est plus permis;
L'aigle est libre dans la montagne,
Et l'esclavage est notre sort?
Aux armes! guerre à l'Allemagne!
Ou l'indépendance ou la mort! »
Gloire à toi, Rossini! tu fus, ô puissant maître,
Le chantre de la Liberté!
Quand ton pays voulut renaître
En brisant un joug détesté,
L'âme de la Patrie électrisa la tienne;
Et soudain, d'un élan vainqueur,
La *Marseillaise italienne*
Jaillit brûlante de ton cœur!

Écoutez l'hymne au Dieu des combats : c'est Moïse
Avec le peuple juif fuyant l'exil amer,
Et s'ouvrant un chemin vers la Terre Promise
Au milieu des flots de la mer!
Écoutez les sanglots de cette pauvre femme,
Les longs gémissements qui déchirent sa voix;
Écoutez les soupirs de son fils qui rend l'âme :
C'est un Dieu qui meurt sur la croix!
Sanglots de la douleur, soupirs de l'agonie,
Hymne au Dieu des combats, prière d'Israël,
Sur les ailes de l'harmonie
Volez et montez jusqu'au ciel!

C'est l'inspiration de ton âme pieuse,
Rossini! gloire à toi! gloire au maître inspiré
Dont la Muse religieuse
Chanta Dieu sur son luth sacré!

O grand compositeur, le monde entier t'admire!
Honneur à toi! l'immense lyre
De la Création a vibré sous ta main!
Ta musique répète, harmonieuse et pure,
Toutes les voix de la nature,
Toutes les voix du cœur humain!
Tout ce que traduit le génie,
Accents d'amour, accents guerriers, accents pieux,
Humaine ou divine harmonie,
Échos de la terre ou des cieux,
Tous ces accents divers que la musique exprime,
Tu nous les fis entendre tour à tour...
Rossini, gloire à toi! gloire au maître sublime
Qui chanta Dieu, la Patrie et l'Amour!

L'AMOUR CONJUGAL

I

Un homme au désespoir se tient, farouche et seul,
Près d'un lit dont le drap doit servir de linceul :
Sa femme va mourir! Elle est bien jeune encore;
Mais, comme un fruit nouveau qu'un ver rongeur dévore,
Sa jeunesse est déjà mûre pour le trépas.
La cause de son mal, il ne l'ignore pas :
C'est lui... Depuis longtemps, elle est si malheureuse!
Une douleur secrète et d'autant plus affreuse,
En torturant son âme, a ruiné son corps.
Ah! c'est qu'elle a souffert, chaque jour, mille morts!
Elle avait pour époux un homme indigne d'elle...
Elle, une sainte femme, un cœur d'or, un modèle
De toutes les vertus, de tous les dévoûments!
Lui, l'assemblage affreux des plus vils sentiments,
Ame impure, fumier où fleurissait le vice!

Il ne croyait à rien. Dieu, l'honneur, la justice,
Tout ce qu'on sent de noble ou d'exquis dans le cœur
Dessinait sur sa lèvre un sourire moqueur.
De quelles actions n'était-il pas coupable?
Quelques crimes peut-être! On le disait capable
De tout : l'opinion publique le jugeait...
Et lui-même, parfois, lorsqu'il s'interrogeait,
Il n'osait pas fouiller jusqu'au fond de son âme,
Tant ce qu'il y voyait lui paraissait infâme!
Il reculait devant ce spectacle odieux
Comme devant un gouffre où l'on jette les yeux!

II

Mais comment le destin, dans son caprice étrange,
Avait-il accouplé ce démon et cet ange,
La belle créature et le monstre hideux?
Sans doute dans la vie où tout est hasardeux,
Où l'épine est souvent mêlée avec la rose,
Ce couple avait surgi sans raison et sans cause :
Sauvageon né soudain dans un jour de malheur,
Dont l'homme était l'épine et la femme la fleur.

Le hasard avait donc encore été le maître.
Et puis la pauvre femme, avant de le connaître,
Avait aimé cet homme... A cet âge béni

Où l'amour — l'amour pur, idéal, infini —
Chante, avec les oiseaux dans les vertes charmilles,
La chanson du printemps au cœur des jeunes filles,
Pauline avait aimé Raoul !.. Raoul était
Jeune, beau, séduisant... Lui-même, il ressentait
Pour Pauline un amour vif, ardent, tout de flamme,
Un amour qui brûlait son sang comme son âme !
Et du reste comment n'aurait-il pas aimé
L'être le plus parfait que le ciel eût formé ?
Pauline était si belle ! et puis chez cette femme
Tout révélait encor la beauté de son âme,
Cette âme qui brillait sur son front radieux
Et reflétait le ciel dans l'azur de ses yeux !
Enfin, lorsqu'ils avaient uni leur destinées,
Raoul, dans la fraîcheur de ses jeunes années,
Ne devait pas avoir à cet âge — à vingt ans ! —
L'âme déjà flétrie et vieille avant le temps !

Plus tard, lorsque au milieu des luttes de ce monde
Sa nature apparut abjecte, vile, immonde,
Pendant que chaque jour ses sentiments humains
Se déchiraient à tous les buissons des chemins,
Pauline épouvantée apprit à le connaître,
Cet homme ! elle sentit alors dans tout son être,
Dans son esprit rêveur et dans son cœur aimant;
Se produire un affreux et vaste écroulement !
Ah ! ses illusions s'effondraient ! Le mirage
Venait de s'effacer pour toujours ! Et l'image

De celui que son cœur parait de traits si beaux
Gisait-là maintenant déchirée, en lambeaux !

Oh ! son illusion lui fut bientôt ravie...
Pauvre femme ! cet homme avait brisé sa vie,
Tout s'était écroulé... Plus d'espoir désormais !
Elle souffrit beaucoup... Et cependant jamais,
Jamais aucun reproche, aucune plainte amère...
Quelquefois seulement une douce prière,
Quelque timide effort pour ramener au bien
Ce pauvre criminel ! lui, certes, voulait bien ;
Mais, quelque amour qu'il eût pour cette noble femme,
Les mauvais sentiments l'emportant dans son âme,
L'ange du mal toujours en despote y régna !
Alors, découragée, elle se résigna.
Elle ne put haïr cet homme indigne d'elle ;
Quoique blessée au cœur, elle lui fut fidèle,
Fidèle par vertu, fidèle par devoir...
Un cœur tel que le sien ne pouvait pas avoir
Même l'instinct du mal qui souille et déshonore ;
Ensuite, malgré tout, elle l'aimait encore !

Et lui l'aimait aussi, cet ange de bonté !
Seul sentiment humain qui fût encor resté
A cet homme au milieu de sa vie orageuse,
L'amour se conservait dans son âme fangeuse,
Dans ce gouffre grouillant de sentiments pervers,
Comme une perle au fond de l'abîme des mers !

III

C'est à présent surtout, dans ce moment suprême,
Quand Pauline se meurt, qu'il sent combien il l'aime !
En songeant qu'elle va s'en aller sans retour,
Son désespoir lui fait mesurer son amour...
Oh ! comme maintenant dans sa douleur affreuse
Il regrette d'avoir rendu si malheureuse
La femme dont il eût assuré le bonheur
Avec un peu d'amour, avec un peu d'honneur !
Il lui dit tout cela ; c'est que dans sa détresse
Il ne peut lui cacher l'angoisse qui l'oppresse...
Elle-même, d'ailleurs, elle n'ignore pas
Qu'elle est fatalement condamnée au trépas !
Et lui, pleurant toujours sa perte irréparable,
S'accuse, se maudit :
— Je suis bien misérable,
Bien criminel ! c'est moi, la cause de ta mort ;
Je t'ai tuée...
— Oh ! non, dit-elle avec effort,
Car je te haïrais, et je t'aime... je t'aime !
— Non, ce serait trop beau ! tu t'abuses toi-même...
— Je t'ai toujours aimé.
— Tu me pardonnes donc ?

— Oh ! tu n'as pas besoin, mon ami, de pardon !
Rassure-toi, tu m'as rendue assez heureuse
Puisque tu m'as aimée ! Et quelque douloureuse
Que soit la mort, Raoul, je m'en vais d'ici-bas
Sans plainte, heureuse encor de mourir dans tes bras !
— O chère et douce femme ! ô noble créature !
Tu n'as donc pas de fiel dans ton âme si pure ?
Comment donc se fait-il, ange de pureté,
Que, vivant avec moi, sans cesse à mon côté,
La boue et la noirceur de ma nature infâme
N'aient pas éclaboussé la blancheur de ton âme ?
— C'est Dieu qui l'a voulu, répond-elle tout bas,
Le Dieu bon et clément...
— Ah ! ne me parle pas
De ton Dieu, de ce Dieu cruel, inexorable,
Qui te prend, toi, si pure ! alors qu'un misérable...
— Oh ! dit-elle d'un ton de reproche amical,
Ne blasphème pas Dieu, Raoul, tu me fais mal !
— Mais te perdre à jamais ! comprends donc ma souffrance !
Te perdre pour toujours... sans aucune espérance !
Mais c'est affreux, cela ! comprends-tu : sans espoir !
— Tu te trompes, Raoul, car on peut se revoir...
Dans un monde meilleur... là-haut !
— Erreur profonde !
Et même en admettant, Pauline, un autre monde,
Tu seras dans ton ciel, vois-tu, tandis que moi...
Moi, si coupable !
— Eh bien ! dit-elle, repens-toi !

Raoul baisse le front sans répondre : il lui semble
Voir surgir tout à coup tous ses crimes ensemble !
Barrière entre sa femme et lui, tous à la fois
Se sont dressés vengeurs, implacables ! le poids
De son indignité lui fait courber la tête.
Il demeure absorbé dans sa douleur muette...
Puis, relevant enfin la tête lentement,
Il regarde Pauline et répond tristement :
— Ma pauvre femme, hélas ! le désespoir m'accable.
Repens-toi, m'as-tu dit... Ah ! je suis trop coupable
Pour que je puisse un jour effacer mes forfaits...
Je suis maudit, vois-tu ; mon âme est pour jamais
Attachée à l'enfer par les chaînes du crime !
— Compte sur la pitié de ce Dieu magnanime...
— Non, c'est un Dieu vengeur, un Dieu de châtiment !
Écoute, je me vois à mon dernier moment :
Mon âme dans l'enfer descend avec ses crimes ;
Et là, plongée au fond des plus affreux abîmes,
Le poids de ses forfaits, comme un poids éternel,
L'empêchera toujours de monter vers le ciel.
— Tu t'abuses vraiment ; non, tu n'es pas infâme,
Dieu ne t'a pas maudit ; tu peux sauver ton âme ;
Redeviens honnête homme, ô Raoul ! repens-toi...
Tu peux bien essayer... fais-le du moins pour moi,
Oui, pour moi, cher Raoul, pour ta femme qui t'aime !
Tu peux bien m'accorder cette faveur suprême....
Lorsque je vais mourir ! Réponds-moi, dans le ciel
Où l'on goûte un bonheur sans mélange, sans fiel,

Tu veux donc, mon ami, que je sois malheureuse?
— Eh bien ! non, dit Raoul que cette idée affreuse
Frappe soudainement, non, je ne le veux pas!
Pauline, je t'ai fait trop souffrir ici-bas,
Je veux qu'au ciel ton âme ait une paix profonde :
Je me repentirai. Mais, pour que dans ce monde
Au travers des écueils je marche vers le bien,
Tu me protégeras comme un ange gardien ;
Et, lorsque je mourrai, veillant près de ma couche,
Comme un trésor d'amour tu prendras sur ma bouche
Mon âme s'exhalant dans un soupir pieux,
Et tu l'emporteras avec toi dans les cieux !

IV

Depuis longtemps Pauline a quitté cette vie,
Raoul meurt à présent... mais son âme est ravie :
Il va rejoindre enfin au céleste séjour
La femme que la mort a prise à son amour !
L'amour a triomphé de sa nature infâme,
Et l'expiation a racheté son âme.
Il est pur maintenant, il s'est régénéré !
Certe, il a bien souffert ! il a beaucoup pleuré !
Mais il avait pour lui l'espérance féconde.
Altéré de salut, il savait qu'en ce monde

Dieu nous réserve, avant le royaume du ciel,
La couronne d'épine et l'éponge de fiel.

Maintenant, grâce à Dieu! sa carrière est finie :
Il se meurt. Tout son corps se tord dans l'agonie;
Mais sur son front, voilé des ombres du trépas,
A travers les douleurs horribles d'ici-bas
Un céleste rayon de joie et d'espérance
Brille, auréole d'or, nimbe de la souffrance!
Son âme, en ce moment, dans ses élans pieux,
Déjà par le désir s'élève vers les cieux;
Puis, s'échappant du corps et déployant ses ailes,
Elle s'envole enfin aux voûtes éternelles;
Et Pauline reçoit au bienheureux séjour
L'âme du grand pécheur converti par l'amour.

UNE ANECDOTE D'AUTREFOIS

En ce temps-là j'étais un tout petit garçon,
J'avais cinq ou six ans : des amis de mon père,
Un monsieur et sa femme, étaient à la maison ;
La dame avait l'air jeune et doux comme ma mère,
Mais le monsieur était un vieux monstre ! il portait
Sur son corps de géant sa vaste houppelande,
Il avait de gros yeux, sa tête chauve était
Ronde et rouge comme un fromage de Hollande.

La dame m'embrassa ; moi, bénévolement,
Je tendis mon visage et ne fis pas la moue ;
Mais, lorsque le monsieur s'approcha de ma joue,
Je courus aussitôt, comme instinctivement,
A ma mère, et lui dis d'une façon sommaire :
— Non, non, je ne veux pas, maman, il est trop laid!
— Que dit-il ? demanda le monsieur à ma mère...

— Il me dit qu'il a pris, pour déjeuner, du lait.
— Non, maman, le monsieur est trop laid, répondis-je !
Et je parlais très haut... Ma mère, à ce moment,
Se sentit presque folle et prise de vertige ;
Le pauvre vieux monsieur souriait bêtement.

Nous étions tous gênés, nous ne savions que dire ;
Et pour nous cette gêne était un vrai martyre,
Pour le monsieur surtout ! Sa femme, heureusement,
Nous tira d'embarras en lui disant gaîment :
— Cet enfant a raison, tant pis si tu te fâches :
Tu lui fais peur avec tes immenses moustaches !

VERS

A ANDRÉE ROLLAND DE DENUS

Tu viens de faire ton entrée
Dans le monde, ô gentille enfant!
Salut, mademoiselle Andrée!
Salut au bébé triomphant!

Pour toi les cloches de l'église
Ont éparpillé dans les airs,
Dans l'azur, la nue et la brise,
Les notes de leurs gais concerts;

Et sur ton front le ciel lui-même
Vient d'épancher, dans le saint lieu,
Avec l'eau pure du baptême,
La bénédiction de Dieu!

Maintenant la table où pétille
Le Champagne, où rit le bonheur,
Réunit toute la famille
Le verre en main, la joie au cœur!

Tu dérides les fronts sévères...
Et voici qu'un poète encor
Vient joindre au joyeux choc des verres
Le cliquetis des rimes d'or.

— Mais, diras-tu, petite fille,
Quel poème vaut en ce jour
Le poème de la famille,
Tout fait d'innocence et d'amour?

Nulle poésie, il me semble,
Ne vaut ce poème vivant
De deux époux penchés ensemble
Sur le berceau de leur enfant!

— C'est vrai! vous êtes philosophes,
Vous, enfants d'un mois et demi...
Mais, ici, ton faiseur de strophes,
Le poète, c'est un ami;

Et lorsque ce rimeur déploie
La richesse des rimes d'or,
Il veut surtout que l'on y voie
L'amitié, son plus beau trésor!

Et c'est pourquoi je te souhaite,
Enfant, en te disant adieu,
D'accueillir les vers du poète,
Et d'être toujours ce que Dieu

Voulut que tu fusses, ma chère,
Quand ta naissance l'occupa :
Belle et bonne comme ta mère,
Pleine d'esprit comme papa !

CONSEILS D'UN ONCLE

A SON NEVEU

Quatre ans ! mon cher neveu, c'est ton âge... un bel âge !
Quatre ans, pour un bébé c'est l'âge de raison ;
C'est l'âge où l'on doit être sage,
Entends-tu, petit polisson ?
Pauvres enfants ! c'est l'âge où, règle générale,
Vous voyez les parents vous faire la morale
Pendant que vous vous amusez ;
C'est l'âge où les conseils et les leçons moroses
Tombent à chaque instant sur vos frimousses roses
Pêle-mêle avec les baisers !

Puisque c'est une loi fatale,
Permets-moi donc, mon cher neveu,
De te faire un brin de morale ;
Oh ! pas beaucoup... un peu, très peu !
Un seul conseil, deux mots : « Sois sage ! »

Mais là, sage comme une image,
Comme ton oncle, ou presque autant!
Sois sage, ressemble à ton père :
Tu feras plaisir à ta mère,
Et le bon Dieu sera content!

Inutile que je sermonne!
« Sois sage » c'est le seul conseil que je te donne
Pour le moment... Plus tard, ce sera différent :
Ma voix sera plus grave et ma leçon plus haute...
Ainsi, quand tu mettras ta première culotte,
C'est-à-dire, petit, lorsque tu seras grand!
Ce premier pantalon, tout comme
Le sabre de monsieur Prudhomme,
Sera le plus beau jour de ta vie, ô Bébé!
Lorsque enfin il sera tombé,
Ton cotillon d'enfant, ton cotillon de fille,
Quand tu seras *un homme*, alors dans la famille
C'est moi, mon cher Fernand, c'est moi
Qui serai ton Mentor, à toi!
C'est moi dont les conseils t'instruiront, mon bonhomme,
Dans ta nouvelle dignité;
Je guiderai tes pas, et je t'apprendrai comme
On marche dans son sexe et sa virilité!

Plus tard, quand tu seras au collége — remarque
Que c'est le plus beau temps de la vie, ô gamin —
Mes *speechs* et mes leçons resteront en chemin;

Mais tes bons professeurs, en t'expliquant Plutarque,
Te feront la morale, hélas ! et mieux que moi
Ils rempliront ce noble emploi.

Enfin, quand tu seras jeune homme, à ce bel âge
Où tu te lanceras dans la vie en vainqueur,
Oh ! c'est alors surtout, cher Bébé de mon cœur,
Que je te dirai d'être sage !
Et toi, tu trouveras que je suis ennuyeux ;
Et, tout en caressant ta petite moustache,
Tu diras que je suis une vieille ganache,
Que je me ramollis, que c'est prodigieux !...
Mais bah ! vers l'avenir ne levons pas les yeux...

N'avançons point l'heure future,
Restons dans le présent plutôt ;
Nous n'arrêterons point l'œuvre de la nature,
Tu grandiras bien assez tôt !
Puisqu'il en est ainsi, je te dirai sans cesse
Mon avis là-dessus :
Je te conseillerai de grandir en sagesse,
Comme l'enfant Jésus...
En sagesse ! — et non pas en polissonnerie :
Sur ce point ce serait impossible, anormal !
Car, monsieur mon neveu, sans nulle flatterie,
Malgré vos petits bras, en fait d'espièglerie,
Vous avez atteint l'idéal !

SOUVENIRS D'ENFANCE

A M. RICHAUD

Lorsque j'étais enfant — j'y songe
Parfois en voyant mon neveu —
J'étais comme lui, palsembleu!
A quoi bon user de mensonge?

Le passé revit, le voilà!
Dès que j'évoque son histoire,
Je me revois dans ma mémoire
Tel que j'étais en ce temps-là.

J'étais un tout petit bonhomme,
Pas plus haut que çà! mais gourmand,
Têtu, menteur, malin, en somme
Un enfant accompli, charmant

J'étais ce qu'on est à cet âge,
J'avais un tas de qualités;
Mais mon fort, c'était le tapage;
On me voyait de tous côtés

Courir, passer comme en un rêve,
Criant, sifflant! je folâtrais,
Je riais et chantais sans trêve,
Et parfois aussi je pleurais!

Passant toujours comme un orage,
Je touchais et je brisais tout;
On me voyait, le front en nage,
Ici, puis là... j'étais partout.

Je me multipliais! et — comme
Pour faire un bruit digne de moi
Mes moyens naturels, en somme,
Ne me suffisaient pas — ma foi,

J'ajoutais mes jouets encore...
Et les jouets les plus bruyants :
Tambours et clairons aboyants,
Grosse caisse à la peau sonore,

Canons, fusils, sabres de fer...
C'était un vacarme effoyable!
Pour tout dire, j'étais un diable,
Car je faisais un bruit d'enfer.

Je traînais toujours une bande
De mauvais sujets comme moi,
Tous petits saints de contrebande,
Des chenapans sans foi ni loi!

Aussi jugez de l'épouvante
Qui s'abattait sur la maison
Lorsqu'ils arrivaient! La servante
Criait, pestait, et sans façon

Prenait un balai pour nous mettre
A la porte plus sûrement;
On se retirait prudemment,
Puis on rentrait par la fenêtre.

La servante alors s'esquivait
Pour aller demander main-forte,
Et bientôt mon père arrivait
Pour nous flanquer mieux à la porte.

Mais nous avions l'air si joyeux
Que mon père éclatait de rire!
La servante, en baissant les yeux,
S'en allait alors sans rien dire.

Son balai, nous le lui prenions!
Vainqueurs d'un pouvoir despotique,
Nous étions rois, car nous tenions
En main le sceptre domestique!

On montait à califourchon
Sur l'instrument de tyrannie ;
On chantait un air folichon ,
Qui manquait un peu d'harmonie...

Mais bah ! cela ne faisait rien :
La musique est un accessoire ;
Pour célébrer notre victoire
Le tapage suffisait bien.

Et l'on pouvait tout se permettre :
On ne craignait plus d'importun !
Mais par malheur, après nous être
Défaits de l'ennemi commun,

La Discorde, à l'humeur revêche,
Se glissant dans notre gaîté,
Venait aussitôt battre en brèche
Notre multiple royauté.

Chacun voulait être le maître,
Imposer ses jeux et ses goûts ;
On ne voulait pas se soumettre...
C'étaient des cris, et puis des coups !

Nous étions méchants, je vous jure !
Tenez, moi qui vous parle, eh bien !
Avec ma petite figure
Candide, j'étais un vaurien

Lorsque quelqu'un sans défiance
S'approchait pour me caresser,
J'attendais avec patience
Que l'imprudent vint m'embrasser;

Mais crac! au contact de sa bouche,
D'un coup de griffe vigoureux,
Ainsi qu'un lionceau farouche,
J'égratignais le malheureux!

Ils ont causé beaucoup de drames,
Mes petits ongles résolus!
J'égratignais même les dames...
A présent je ne le fais plus!

Pour un gamin c'est un martyre
Que d'être embrassé constamment!
J'étais, il faut bien vous le dire,
Un assez joli garnement...

Oui, j'étais mignon à cet âge...
J'ai rudement changé depuis!
Pardonnez si je rends hommage
A mes pauvres charmes enfuis!

Ah! j'étais l'orgueil de ma mère;
Mes succès enivraient son cœur.
Elle me faisait beau pour plaire,
Pour être séduisant, vainqueur!

C'est elle qui de ma toilette
S'occupait, et qui chaque jour,
Sans faute, des pieds à la tête
Me pomponnait avec amour.

Il fallait la voir en personne
Devant notre maison trôner
Quand je sortais avec ma bonne
Et que j'allais me promener :

Là, fière, droite sur ses hanches,
Elle suivait longtemps des yeux
Son fils marchant tout sérieux
Dans ses beaux habits des dimanches!

J'avais un air crâne et coquet,
J'étais frais comme une grenade ;
Et mes cheveux, gras de pommade,
Étaient luisants comme un parquet.

Fort souvent aussi ma grand'mère
Venait honorer mon départ,
Car c'était une grande affaire...
Elle aimait tant son cher moutard !

Près de ma mère épanouie
De joie et d'admiration,
Elle, doucement réjouie,
Sentait un peu d'émotion ;

Son bonheur avait un nuage,
Une larme piquait ses yeux :
C'était à cause de son âge...
On meurt sitôt quand on est vieux !

Pauvre grand'mère ! sainte femme
Trop tôt ravie à notre amour !
Pour orner le divin séjour
Dieu sans doute voulait son âme !

Sa mort date de loin ; pourtant
Nous nous souvenons encor d'elle ;
Moi, toujours je me la rapelle,
Ma grand'mère qui m'aimait tant !

Elle dont j'étais la pensée,
Dont mon caprice était la loi,
Elle sans cesse disposée
A venir jouer avec moi,

Elle qui n'était jamais lasse,
Que je faisais tant enrager,
Et qui pourtant demandait grâce
Lorsqu'on voulait me corriger !

Ah ! j'étais un coquin d'élite...
Ainsi parfois, pour m'amuser,
Je lui disais de m'embrasser ;
Et, lorsqu'elle approchait, moi, vite,

Je m'envolais comme un oiseau...
Ou bien je n'offrais ma figure
Que lorsque j'avais le museau
Tout barbouillé de confiture!

Je la faisais aussi parfois
Jouer aux cartes : en cachette
Je m'emparais de tous les rois,
Et ma victoire était complète.

Ces rois lui semblaient révoltants!
Elle était toute stupéfaite...
Je lui faisais perdre la tête
Et la partie en même temps.

Le soir, elle chantait encore
Pour m'endormir : son air vieillot
Et traînant finissait par clore
Mes yeux alourdis; mais bientôt

Elle-même, près de ma couche,
S'endormant en filant le son,
Fermait les yeux; et la chanson
S'endormait aussi sur sa bouche.

Pauvre femme qui m'aimais tant!
Toi si patiente et si bonne,
Toi qu'on voyait à chaque instant
Après ma petite personne!

Lorsque je me mets à songer
A tant d'amour, oh! je regrette
De l'avoir tant fait enrager!
Mais j'étais si mauvaise tête!

C'était bien là mon grand défaut...
Pourtant ne soyons pas sévère :
Parfois, comme disait ma mère,
J'étais « un enfant comme il faut ».

Le démon devenait un ange...
— On sait que les petits garçons
Sont tous, par un caprice étrange,
A la fois anges et démons. —

Oh! j'avais des vertus de reste...
Que diable! il faut en convenir.
J'étais surtout simple et modeste
Quand je songeais à l'avenir.

Savez-vous quel était mon rêve?
Être gendarme ou bien dompteur!
Oui, j'étais attiré sans trêve
Par ce mirage séducteur!

Caressant une autre espérance,
Mes parents pensaient bien qu'un jour
Je serais maréchal de France,
Ministre ou président de cour.

Je ne suis, contre leur attente,
Qu'un pauvre avocat de malheur,
Doublé — circonstance aggravante! —
D'un poète, d'ùn rimailleur.

Eh bien! malgré tout, quand je pense
Aux rêves faits en mon honneur,
Je me rappelle avec bonheur,
Les souvenirs de mon enfance!

Il est passé depuis longtemps,
Ce premier âge qu'on envie;
J'ai monté, grimpé dans la vie
Jusqu'au plateau de mes trente ans...

Mais de ces hauteurs orgueilleuses
Je regarde souvent en bas;
Je vois les fleurs délicieuses,
Jadis écloses sous mes pas.

Ces fleurs des premières années
Revivent par le souvenir;
Car elles ont, quoique fanées,
Notre cœur pour les rajeunir.

Le temps qui fuit les décolore
En vain de son souffle glacé,
Pour nous elles vivent encore
Avec le parfum du passé!

LE SOLEIL

A UN JEUNE POÈTE

QUI M'AVAIT DÉDIÉ DES VERS SUR LE MÊME SUJET.

Mon jeune ami, mon cher confrère,
Merci de votre *Ode au Soleil!*
Ah! je suis comme vous un grand thuriféraire
De cet astre étonnant, unique, sans pareil!

C'est que j'ai toujours froid, voyez-vous, et mon âme
Est triste quand le ciel d'un nuage est voilé;
Il me faut la chaleur, la lumière, la flamme,
Comme il faut la patrie au cœur de l'exilé.

Vive donc le soleil! lui qui dans sa carrière
Verse avec générosité
Dans mon corps la chaleur, dans mes yeux la lumière,
Et dans mon âme la gaîté!

Vous voyez, mon ami, que j'aime et que je loue
L'astre joufflu qui brille au-dessus de nos yeux.
Cependant pour moi, je l'avoue,
Le soleil ne luit pas seulement dans les cieux.

Il luit encore au front de l'homme
A son aurore, à son printemps;
Et le soleil alors se nomme
La Jeunesse — astre des vingt ans!

Un front pur et des yeux de flamme
Éblouissent aussi le regard enchanté;
Pour le visage de la femme
Le vrai soleil c'est la Beauté!

Lorsque le cœur se sent éclore
Comme la fleur qui s'ouvre aux premiers feux du jour,
Quand plus tard il s'embrase encore,
Le soleil du cœur c'est l'Amour!

Et lorsque le soleil dans une âme choisie
Répand le feu sacré que nous envions tous,
Il s'appelle la Poésie...
C'est le soleil qui luit pour vous!

LES DESTINÉES DE LA FRANCE

Sursum Corda !

Sur un champ de bataille, immense cimetière,
Au milieu de ses fils morts en la défendant,
La France est étendue et rougit la poussière
D'un sang qui coule à flots, toujours plus abondant!
Il fait nuit, et tout n'est que silence et ténèbres;
Dans les airs la mort plane avec l'obscurité;
Un nuage d'horreur couvre ces lieux funèbres
Où la Guerre joua son drame ensanglanté!
L'ombre seule remplit le lugubre théâtre;
Ce n'est qu'à l'horizon qu'on voit distinctement
Du côté de Paris une lueur rougeâtre,
Le sinistre reflet d'un vaste embrasement!
Et ces maisons en feu, ces dômes, ces murailles,
Qui brûlent... on dirait les funèbres flambeaux
Qui doivent éclairer, hélas! tes funérailles,
O France, à qui la mort creuse tant de tombeaux!

Mais la France est vivace, et nos craintes sont vaines!
La patrie a du sang encore dans les veines;
Elle a les yeux fermés, et pourtant ce n'est pas
Le sommeil de la mort qui ferme sa paupière;
Elle lutte, le corps saignant et l'âme fière,
Entre la vie et le trépas!

Dans le sommeil fiévreux où son corps et son âme
Sont plongés, tout à coup un fantôme, une femme,
Apparaît devant elle, illuminant la nuit.
Le fantôme ressemble à Jeanne Darc. La France
Croit dans ce triste lieu voir entrer l'Espérance...
L'horreur du cauchemar s'enfuit!

« France, réveille-toi, dit la vierge immortelle...
Lève-toi confiante à la voix qui t'appelle;
Ne désespère pas! Si malgré ta valeur
L'étranger t'a vaincue, écrasée, amoindrie,
Tu ne dois pas, sainte Patrie,
Te laisser maintenant vaincre par le malheur!

» Ne rougis pas de ta défaite.
Ayant fait ton devoir, tu peux lever la tête!
Tu n'as qu'à regretter l'éclipse du bonheur.
Tes revers, qui feront un jour pleurer l'Histoire,
Ont amoindri ton territoire...
Mais ils n'ont pas du moins amoindri ton honneur!

Surpris d'abord, enfin succombant sous le nombre,
Tes fils dans le devoir ont marché jusqu'au bout...
L'honneur doit surnager, si la fortune sombre;
Ton corps est abattu; mais ta gloire est debout!

» Aussi l'espoir, la foi dans tes grandeurs futures,
Peut fleurir dans ton cœur sillonné de blessures
Comme la fleur qui pousse aux fentes d'un rocher;
Aucun souffle mortel ne doit l'en arracher!

» On ne l'arracherait qu'en arrachant ton âme,
Et ton âme ne craint ni le fer ni la flamme!
La mort n'oserait pas te prendre, t'approcher!
Qu'au milieu des périls ton cœur se rassérène :
Il est comme le cœur de Jeanne la Lorraine
Que ne brûlèrent point les flammes du bûcher!

» Chasse donc loin de toi les vulgaires alarmes;
Enseigne à tes enfants la leçon du vainqueur;
Donne-leur l'héroïsme en leur donnant des armes.
Prépare l'avenir... A l'œuvre! et haut le cœur! »

Tandis que par degrés la France se ranime
A cette voix fière et sublime
Qui relève son âme et son front obscurci,
Un fantôme nouveau se dresse devant elle,
Une vierge à l'air grave, à la voix solennelle...
Et cette ombre lui parle ainsi :

« Tes ennemis ne sont pas tous à la frontière.
Ton âme est en effet l'arène meurtrière
Où tous les sentiments vont combattre. Tu dois
Contre l'assaut du mal fortifier ton âme...
Que ce soit le devoir qui te guide et t'enflamme!
La Morale, en ce lieu, te parle par ma voix.

» Donc à la vertu seule adresse tes hommages!
Suis l'inspiration des penseurs et des sages
Dont le génie ailé va si haut dans son vol!
Puise là des conseils : du cerveau d'un grand homme
Le devoir, la vertu, naît et s'élance — comme
La source qui jaillit des profondeurs du sol! »

« Non, ce n'est pas d'en bas, ce n'est pas de la terre,
C'est d'en haut, c'est du ciel, que la Morale austère
Nous vient — dit une voix au son grave et pieux —
Ainsi les grands cours d'eau, qui baignent tes campagnes,
Descendent des hautes montagnes
Des pics immaculés qui montent dans les cieux! »

En même temps s'avance une vierge divine,
Ministre providentiel.
Avec ses vêtements d'une blancheur d'hermine,
Ses ailes d'or, son front qu'une étoile illumine,
On dirait un ange du ciel.

Elle poursuit ainsi : « France, je le proclame,
Pour te régénérer, pour te refaire l'âme,
Dans un abaissement aussi profond, il faut
Invoquer l'assistance et la force d'en haut.
Écoute mes conseils. Du gouffre où tes désastres
Viennent de te plonger, appelle à ton secours
Celui qui de tout temps règne au-dessus des astres,
Celui que dans la peine on invoque toujours !

» Oui, tourne-toi vers Dieu, vers le Dieu magnanime !
Fais un suprême effort, un effort surhumain...
Et pour remonter de l'abîme,
A travers l'infini Dieu te tendra la main !

» C'est la Religion qui mettra dans ton âme
Le feu sacré, la sainte flamme,
Comme dans tes bras la vigueur...
Tourne donc vers le ciel tes yeux, ô chère France !
Là brille la lumière et sourit l'espérance...
Regarde, vise en haut ! haut le front ! haut le cœur ! »

A ce moment paraît — dans sa blanche tunique
Et le luth à la main comme une Muse antique —
Une vierge au front pur, au sourire vainqueur :

« Oui, dit-elle à la France, il faut hausser ton cœur !

Cet effort généreux, l'Art aussi le réclame...
Pour élever l'esprit on doit élever l'âme !
L'Art a sa mission. Pour la remplir, il faut
Avoir la foi robuste et porter le cœur haut.

» Tes grands hommes — penseurs, artistes et poètes —
Peuvent te relever, réparer tes défaites !
En servant l'idéal, le bien, le grand, le beau,
Ils servent leur pays — comme au champ de bataille
Les soldats qui s'en vont affronter la mitraille
Pour leurs foyers et leur drapeau !

» En aimant l'héroïsme avec idolâtrie,
En célébrant l'honneur, le devoir, la patrie,
Le grand Corneille a fait des héros, des cœurs forts !
Et dans la Rome antique, au forum, dans les rues,
Partout, des œuvres d'art, des milliers de statues,
Présentaient aux vivants l'exemple des grands morts.

» Aussi, France, tiens haut ton Art et ton génie,
Cette gloire éclatante et toujours rajeunie,
Que tes revers n'ont pu détruire ni ternir !
Surtout que l'idéal trouve tes forces prêtes
Au milieu des dangers, au milieu des tempêtes
Dont te menace l'avenir !

» Sauve, élève ton Art au-dessus de l'orage,
Comme le Camoëns, au milieu du naufrage,

Menacé par la mort, par les flots ballotté,
Tint cependant toujours, par un effort suprême,
Au-dessus des flots son poème,
Son titre à l'immortalité!

» Allons, ma chère France, ô ma France bénie!
Dresse-toi dans ta gloire et dans ton fier génie,
Courage! porte haut ton esprit et ton cœur!
Que l'espoir loin de toi chasse les craintes sombres,
Comme au ciel maintenant l'aube chasse les ombres
Pour frayer une route au grand soleil vainqueur! »

L'aube luit, en effet, souriante et limpide;
Et bientôt, dissipant les nuages de l'air,
Le soleil radieux monte dans le ciel clair,
Incendiant l'azur de sa gloire splendide.
La France, à ce moment, se réveille; elle sort
Des ombres de la nuit et des bras de la mort.
En s'appuyant sur un canon, elle se lève,
Le corps réconforté par la chaleur du jour
Et le cœur ranimé par les voix de son rêve
Qui lui parlent d'espoir, l'enveloppent d'amour!
Ses anges protecteurs, aux clartés de l'aurore,
Se sont évanouis avec l'obscurité;
Elle garde pourtant sa confiance encore...
Le rêve a disparu, mais l'espoir est resté.

« Oui, je renais, dit-elle, au jour, à l'espérance !
Les vierges, dont la voix a charmé ma souffrance,
M'ont redonné la vie et rendu la vigueur.
Elles ont répandu, les douces créatures !
Le dictame sur mes blessures
Et l'espérance dans mon cœur.

» Et puis cet air si bon, cet air pur, me pénètre !
L'haleine du printemps communique à mon être
Un souffle de fierté, de jeunesse et d'orgueil !
Le soleil réjouit mon âme radieuse,
Quoiqu'il fasse pleuvoir sa lumière joyeuse
Sur un immense champ de carnage et de deuil !

» Mais rien ne peut fléchir mon courage superbe !
Dans ce lieu désolé, mon espoir — comme l'herbe
Sur les tombeaux — grandit plus vigoureux, plus fort :
La Patrie est toujours vivace, est immortelle,
Quand ses nobles enfants savent mourir pour elle...
Elle puise la vie aux sources de la mort !

» Je me relèverai de ma chute profonde.
Je suis le grand pays, je suis l'astre du monde,
Je survis à l'éclipse et résiste aux revers.
C'est en vain que la Mort de son aile me touche,
Je ne meurs pas ! je suis le soleil qui se couche
Mais qui revient bientôt éclairer l'univers ! »

Quatorze ans sont passés. — Eh bien, ma pauvre France,
Comment as-tu rempli ton grand rôle? Comment
As-tu réalisé l'œuvre de délivrance?
Quels efforts as-tu faits pour ton relèvement?

Ah! ton œuvre me cause un effroi légitime...
Je la juge en voyant les résultats produits,
Comme le moissonneur ou le passant estime
Le champ par sa récolte ou l'arbre par ses fruits.

Tes fils ont insulté, traité comme des traîtres,
Les soldats que le sort des armes a trahis!
Ils ont même insulté, renié leurs ancêtres,
Ceux qui firent jadis la grandeur du pays!

Comme si nous devions rougir de notre gloire,
On détruit le passé, l'on efface l'histoire;
L'oubli sur les grands morts tend ses voiles obscurs;
On attaque, on détruit les choses elles-mêmes:
Monuments glorieux, inscriptions, emblèmes...
On va jusqu'à gratter l'histoire sur les murs!

Notre Art, comme nos mœurs, se traîne dans la boue.
On rit de l'idéal; le rêve, on le bafoue!
Notre esprit est grossier, violent et moqueur.
Le matérialisme, agitant sa bannière,
Sur un trône de fange installe la Matière;
Les sens suppriment l'âme et remplacent le cœur.

On ne croit plus à Dieu... D'abord, le ciel est vide!
Tous les jours on le prouve, et sur la foule avide
On fait couler à flots l'ironie et le fiel...
Et tous ceux que la foi soutient dans la souffrance,
Les malheureux qui n'ont qu'un trésor : l'espérance,
On vient les dépouiller, on leur vole le ciel !

Dans cet écroulement des célestes croyances,
L'athéisme orgueilleux, logique jusqu'au bout,
Fouille tous les esprits, toutes les consciences,
Pour saper les autels qui sont encor debout;
Et démasquant tous les respects, tous les symboles,
Arrachant sa statue à chaque piédestal,
Il abat sans pitié les dernières idoles :
La Raison, le Progrès, la Vertu, l'Idéal !

O peuple, renégat de l'Idéal sublime,
Toi qui n'aspires plus le grand air des hauts lieux !
En quittant les sommets, tu descends vers l'abîme...
Ah ! remonte la pente, et regarde les cieux !

Dans les ébranlements de notre époque sombre,
Qu'un signal, qu'un rayon, apparaissant dans l'ombre,
Vienne enfin t'avertir et te montre assez tôt
A la fois le salut et la mort qui te guette,
Comme un éclair fait voir dans la sombre tempête
L'abîme en bas, le ciel en haut !

Mais nous, en attendant, poussons le cri d'alarme !
O Français, sauvez-vous ! haut le front ! haut le cœur !
L'abîme, le danger, vous attire, vous charme...
Reprenez le chemin du devoir, de l'honneur !

Et si, pour vous conduire au milieu des ténèbres,
Il faut des hommes sûrs, des conseillers célèbres,
Aux splendeurs du passé rallumant le flambeau,
Appelez au secours vos illustres ancêtres;
Prenez-les pour guides, pour maîtres;
Vous apprendrez ainsi le bien, le grand, le beau !

Ayez toujours dans la mémoire,
Ayez toujours devant les yeux,
Comme un livre d'honneur, comme un tableau de gloire,
Les annales de votre histoire
Et l'exemple de vos aïeux...
Le voyez-vous surgir, ce passé glorieux ?

Voici les chevaliers sans peur et sans reproche,
Les paladins au corps de fer, au cœur de roche...
Voici la vieille Royauté,
Celle qui nous donna l'Alsace et la Lorraine,
Qui fit la France, et qui la rendit souveraine
En cimentant son unité !

Ensuite c'est l'essor de la France nouvelle,
Le peuple saluant l'aurore fraternelle;

C'est, dans ses fiers combats, la Révolution
Défendant le pays contre l'Europe entière
Et refoulant bientôt par delà la frontière
Le torrent de l'Invasion !

Puis c'est Napoléon, l'Empereur ! le grand homme
Qui reconstruit la gloire et l'empire de Rome,
Qui fait trembler la terre à chacun de ses pas,
Que le désert d'Égypte avec effroi regarde...
C'est l'Armée invaincue, et c'est la vieille garde
Qui meurt, mais qui ne se rend pas !

Ah ! toutes ces grandeurs sont un trésor de gloire
Que nous ont légué les aïeux ;
Et, comme notre territoire,
Toutes également sont chères à nos yeux !

Chacune d'elles, c'est la France.
Un parti, quel qu'il soit, ne peut de préférence
En fermer aux autres l'accès !
La gloire du passé n'admet pas de partage ;
Patrimoine commun, ce splendide héritage
Appartient à tous les Français...

Et nous sommes Français ! Notre patriotisme
Aime, admire partout l'honneur, le grand, le beau ;
Au-dessus des partis et de leur égoïsme
Il plane comme le drapeau.

Amour de la Patrie, ô pure et sainte flamme!
Embrase-nous toujours de ton feu dévorant;
Souffle patriotique, emplis, gonfle notre âme,
Et fais-nous respirer quelque chose de grand!

Et vous, hommes élus! vous, l'âme de la France!
Vous, d'un noble pays la force et l'espérance,
Artistes, écrivains, soldats et généraux!
Ayez tous dans l'esprit, dans le cœur, dans les veines,
La moelle des lions et la sève des chênes,
L'idéal des penseurs et le sang des héros!

Acceptez vaillamment, dans ces tristes années,
Le fardeau glorieux des grandes destinées
Que nous avons à soutenir;
Entrez dans le chemin que vous montre l'Histoire;
Et, poussés en avant par dix siècles de gloire,
Élancez-vous vers l'avenir!

FIN

TABLE

FIN DE LA TABLE

BOURLOTON. — Imprimeries réunies, B.

www.ingramcontent.com/pod-product-compliance
Ingram Content Group UK Ltd.
Pitfield, Milton Keynes, MK11 3LW, UK
UKHW031854260826
14628UKWH00002B/760

9 782014 067620